El casamiento engañoso
Coloquio de los perros

Biblioteca Cervantes

Miguel de
Cervantes

El casamiento engañoso
Coloquio de los perros

Novelas ejemplares

Edición, introducción y notas
de Rosa Navarro Durán

El libro de bolsillo
Biblioteca de autor
Alianza Editorial

Primera edición: 2005
Primera reimpresión: 2010

Proyecto de colección: Odile Atthalin y Rafael Celda
Diseño de cubierta: Alianza Editorial
Ilustración de cubierta: Velázquez: *La tela real* (fragmento). National Gallery. Londres

Calle Juan Ignacio Luca de Tena, 15; 28027 Madrid; teléf. 91 393 88 88
www.alianzaeditorial.es
ISBN: 978-84-206-5948-0
Depósito legal: M. 30.522-2010
Impresión: EFCA, S. A.
Parque Industrial «Las Monjas»
28850 Torrejón de Ardoz (Madrid)
Printed in Spain

Introducción

Las *Novelas ejemplares* de Miguel de Cervantes se publican en 1613 en Madrid, por Juan de la Cuesta, aunque algunas de sus aprobaciones son de julio de 1612. El escritor, en el prólogo al lector -que se añade a modo de apéndice al final de este volumen por ser su mejor presentación-, afirma que es el primero que ha novelado en lengua castellana, «que las muchas novelas que en ella andan impresas, todas son traducidas de lenguas extranjeras, y éstas son mías propias, no imitadas ni hurtadas». Y tenía razón: no hay colección impresa de *novelas* -término italiano que se aplica a narraciones breves- originales anteriores a las doce que da a la imprenta. En 1567, Joan Timoneda había publicado *El patrañuelo,* con sus *patrañas* o *novelas,* que no habían sido engendradas de su ingenio, como presume con razón Cervantes, sino imitadas de muy diversas fuentes; su forma sencilla de narrar nada tiene que ver además con la maestría cervantina.

El escritor había incluido ya en la primera parte de su *Don Quijote* (1605) una novela ejemplar: *El curioso impertinente,* como historia sucedida muchos años antes, en tiempos del Gran Capitán. La lee el cura en la venta de Juan Palomeque el Zurdo –son «ocho pliegos escritos de mano»–; y podría haber leído también *Rinconete y Cortadillo*, porque estaba en la misma maleta olvidada por un huésped, pero no lo hace.

Cervantes ofrece al lector doce novelas no contadas, sino vividas. No tienen marco –*cornice*– como en el gran modelo, el *Decamerón* de Giovanni Boccaccio, donde damas y caballeros las narran. Sólo *El coloquio de los perros* es en realidad un diálogo escrito por uno de los dos personajes que charlan en *El casamiento engañoso:* el alférez Campuzano dice al licenciado Peralta haber oído hablar a dos perros, Cipión y Berganza, durante dos noches, en el hospital donde se curaba de la sífilis; para que no se le olvidara lo que había escuchado, escribe el coloquio de la primera noche, la vida de Berganza; y tenía pensado escribir el de la segunda, donde Cipión contaba la suya. El licenciado Peralta lee el diálogo de los perros al mismo tiempo que lo hace el lector, mientras duerme quien lo escribió o quien lo transcribió. De los reparos sobre si oyó o no, o si inventó o soñó, se tratará más adelante, en la introducción a esa novela; baste ahora señalar cómo Cervantes es siempre original, incluso al crear el marco para uno de los relatos. Y derrocha posibilidades narrativas: deja a menudo la puerta abierta para mucho más de lo que cuenta.

El orden en que aparecen las novelas impresas es el siguiente: *La gitanilla, El amante liberal, Rinconete y Cortadillo, La española inglesa, El licenciado Vidriera, La fuerza de la sangre, El celoso extremeño, La ilustre fregona, Las dos doncellas, La señora Cornelia, El casamiento engañoso* y *La novela de los perros Cipión y Berganza.* No responde al de su composición, aunque pocos datos precisos tengamos sobre cuándo el genial escritor las escribió. Sí sabemos que Francisco Porras de la Cámara, racionero de la catedral de Sevilla, copió, en los primeros años del siglo XVII, para el cardenal arzobispo de Sevilla Fernando Niño de Guevara (que muere en 1609) *Rinconete y Cortadillo, El celoso extremeño* y otra novela que se atribuye a Cervantes, *La tía fingida,* junto a otras obras de entretenimiento. Isidoro Bosarte publicó en 1788 las dos novelas cervantinas copiadas en el manuscrito de Porras, que luego se perdió; y así se puede comprobar cómo Cervantes introdujo modificaciones al texto, ¡hasta en el desenlace del *Celoso extremeño!*

Todas las novelas suceden en una geografía real y en un tiempo contemporáneo; son historias «vividas» en una realidad reconocible. Precisamente datos históricos permiten situar la escritura de algunas en un periodo preciso de tiempo, y huellas de libros leídos por Cervantes ayudan también a ello: casi siempre apuntan a esos años primeros de mil seiscientos.

Se ha intentado clasificarlas, pero Cervantes tiene una capacidad extraordinaria para mezclar géneros y registros. En *La ilustre fregona,* crea dos líneas paralelas que responden a la condición de «a noticia» y «a fantasía» –realismo o idealismo–, con que Torres Naharro dividió sus obras. En *La gitanilla,* se une el relato costumbrista a la anagnórisis, elemento esencial de la *fábula,* según Aristóteles; hay un canto amebeo pastoril y muchos más ingredientes. En *Las dos doncellas,* encontramos dos damas vestidas de hombre en busca de un burlador, bandoleros, escaramuzas en la playa de Barcelona, una peregrinación y una batalla de dos caballeros al modo de los libros de caballerías; pero también un mozo de mulas con voz. *El licenciado Vidriera* nos ofrece una serie de apotegmas, la salida de las armas y las letras para un personaje sin cuna, y la descripción de un viaje por Italia; pero no carece tampoco de una peripecia que arranca de un desordenado amor.

La lectura de las *Novelas ejemplares* regala esas «horas de recreación» de las que habla Miguel de Cervantes en su prólogo. Y como sabiamente dice también, «no hay ninguna de quien no se pueda sacar algún ejemplo provechoso»; donde se ve su voluntad de asociarlas a una tradición literaria y a apoyarse en «lo útil», que siempre ha justificado –o disculpado– el placer de la lectura de la materia novelesca.

Dentro de esos doce títulos está el gran teatro del mundo: nobles y pícaros, peregrinos y pastores, brujas y rufianes, soldados y letrados, indianos e ingleses, cautivos y estudiantes, damas disfrazadas de hombre y cortesanas, gitanos y bandoleros, un loco que dice agudas verdades y un perro que opina sobre la forma de contar; hay reuniones del hampa, combates caballerescos, batallas navales, raptos, asaltos, una violación, envenenamientos, peregrinaciones, golpes y abrazos, apasionados amores y celos... Espléndida literatura. Contada por un escritor extraordinario, que, en estas obras, como en su *Don Quijote,* alza el vuelo hasta cotas nunca alcanzadas.

Crea personajes y escenas inolvidables, multiplica las peripecias en ritmo rapidísimo o hace caminar el relato con un tempo sosegado, en el que se llega a ver un mudo y sosegado silencio. Permite que el narrador se inmiscuya en lo que sucede, preocupado por lo que pueda pasarle a un personaje o rechazando la conducta de otro; pero al mismo tiempo a veces le hace decir que reproduce más o menos lo que sucede. Cede las riendas de la acción a personajes, que se convierten en magníficos tracistas, como si estuvieran en un espacio teatral; y deja que otros interpreten un final de entremés dándole así esa condición a lo vivido antes. Dentro hay, pues, también teatro y poesía. Hay retazos de novela picaresca, pastoril, de caballerías, de cautivos, cortesana... y otros de literatura sentenciosa, de crítica literaria. Cervantes no sólo cuenta, sino que crea atmósferas, ámbitos, donde los personajes hablan de muchas cosas y viven.

El casamiento engañoso

El comienzo de la novela enfoca el Hospital de la Resurrección de Valladolid. De él sale uno de los dos protagonistas, un soldado flaco y amarillo que va dando traspiés; y el narrador dice la causa: estaba en el hospital curándose una sífilis. Al lector no le queda duda alguna sobre la condición del ámbito novelesco, pero no cuenta con la originalidad de Cervantes y va a descubrir que una de sus funciones novelescas es distinta a las que pudieran esperarse de tal personaje.

En seguida va a encontrarse con un amigo suyo que hace más de seis meses que no ha visto, y ambos comenzarán el diálogo en que se convierte en seguida la novela. Son el alférez Campuzano y el licenciado Peralta, dualidad muy cervantina. Y la sorpresa que tiene éste al ver al desmejorado soldado nos recuerda el comienzo de algunos coloquios erasmistas –que recogería Alfonso de Valdés en su *Diálogo de las cosas acaecidas en Roma*–. El narrador sólo va a intervenir en muy pequeños tránsitos del diálogo que sostienen el alférez y el licenciado; aunque tal conversación se va a centrar esencialmente en el relato del «casamiento engañoso» que hace Campuzano a su amigo.

No acaban aquí los juegos malabares cervantinos porque el lector va a descubrir al final del relato que éste forma el marco –la *cornice*– del siguiente, del *Coloquio de los perros*, ése sí un diálogo sin intervención alguna de un narrador, como advierte su autor, el alférez: «púselo en forma de coloquio por ahorrar de *dijo Cipión, respondió Berganza*, que suele alargar la escritura». Boccaccio, el gran maestro de la novela, ofreció el modelo del marco narrativo a sus seguidores, pero lo conformaban damas y caballeros –y ése es el camino que sigue María de Zayas–; pero Cervantes, que prescinde del marco en sus otras novelas, cuando une dos de ellas con este procedimiento narrativo, no elige a caballeros como interlocutores, sino a un soldado que acaba de sudar las bubas de la sífilis, y no cuenta un relato, sino que se lo da escrito a su amigo para que lo lea, y además se empeña en que es fruto de su experiencia y ¡quienes hablan son perros! El cierre que dio Cervantes a su colección de novelas no podía ser más genial. Ahora entendemos bien por qué el personaje que escribió la historia que su interlocutor lee es un soldado que sale de una cura de sífilis: las criaturas de ficción a las que él dice que oyó hablar son perros, o filósofos cínicos, que es lo que son en el fondo. La lucidez tiene que refugiarse en los marginados, en los locos como Vidriera o don Quijote; o en unos personajes que pudieron serlo de fábula y que observaron hechos y costumbres de gentes y tuvieron sus puntas de filósofos, los perros cervantinos.

Pero vayamos primero al relato del casamiento engañoso y luego entraremos en esa nueva zona de ambigüedad cervantina, en donde todo es posible: la realidad o el sueño, la fábula o la historia, la transcripción o la invención.

En nuevo homenaje al *Lazarillo de Tormes* –libro de cabecera de Cervantes–, el encuentro entre el alférez y la que va a ser su mujer tiene lugar en la posada de la Solana; pero es a la vez un aviso para lectores: no será un enamoramiento súbito de un joven noble ante la extremada belleza de una joven criada, sino que en la posada de la Solana no se ve más que un juego de gestos de dos personas avezadas en el arte del aparentar y no ser, del tirar el anzuelo y esconder la intención. El rostro tapado, la blanca mano con muy buenas sortijas de la señora frente a la gran cadena, el sombrero con plumas y cintillo, el vestido de colores del soldado: así empieza el duelo de emboscadas y falsedades. Parece que nadie puede engañar a nadie, y quedan los dos atrapados en la trampa del otro. Manos de nieve, pero «mujer de hasta treinta años»; y el discurso del soldado fanfarrón que no debía engañar a tal experimentada mujer: «Blasoné, hendí, rajé, ofrecí, prometí...». Cuatro días que se pasan sin sentir, en puros fuegos de artificio verbales, hasta llegar al concierto: cada uno tiene algo que dar y tomar del otro. Doña Estefanía de Caicedo –con apellido «significativo»– casará con el alférez Campuzano.

Un «mudó mi criado el baúl de la posada a casa de mi mujer» anuncia el comienzo de la nueva etapa. Durará seis días la felicidad, «el pan de la boda», que el soldado describe en parecida enumeración a la de sus hazañas: «Pisé ricas alfombras, ahajé sábanas de holanda, alumbréme con candeleros de plata». Pero al séptimo día suenan grandes golpes a la puerta, y todo se desvanece. Empieza el teatro en el teatro, en donde el alférez no puede distinguir entre la realidad y la representación, porque doña Estefanía cambia de lugar la señal que indica una u otra condición. Vendrán otros seis días en donde ni hay lujos ni hay comodidad alguna, sólo un estrecho aposento y pendencias continuas. Al séptimo vendrá el desengaño definitivo de boca de la amiga que los aloja, quien pondrá el letrero de «verdad» y «mentira» en donde debía estar: «La verdad es que doña Clementa Bueso es la verdadera señora de la casa y de la hacienda de que os hicieron la dote; la mentira es todo cuanto os ha dicho doña Estefanía; que ni ella tiene casa, ni hacienda, ni otro vestido del que trae puesto». A Campuzano todavía le queda comprobar, después de un pesado sueño en la iglesia de San Llorente, que no sólo ha volado su mujer, sino lo que tenía su baúl... El único consuelo del alférez es saber que doña Estefanía se ha equivocado con la víctima y que los dos jugaban con cartas marcadas. Le deja ella, en cambio, la herencia que le llevó al hospital, de donde salía al comienzo del relato cuando se encontró con su amigo, el licenciado Peralta. Lo vivido es en esta novela contado, es la materia de la conversación de los dos amigos; así el marco del coloquio de los perros es otro diálogo, que se cerrará después de apagarse las voces de Cipión y Berganza.

Cuando acaba la narración de su casamiento engañoso, el alférez empieza otro capítulo de su conversación, con sucesos «que exceden a toda imaginación», como él dice. Va a ser la antesala del *Coloquio de los perros*. Campuzano lo presenta como algo visto y oído en las dos últimas noches de su estancia en el hospital; afirma haber sido testigo de cómo dos perros de los hermanos de la Capacha, que dijeron llamarse Cipión y Berganza, contaban sus vidas, y para dar fe de ello tiene escrito lo que hablaron la primera noche tal cual lo oyó. La resistencia de su amigo a creer lo inverosímil da lugar a una conversación irrepetible, en donde se ponen en solfa las convenciones literarias y al mismo tiempo se aceptan, en donde el propio Campuzano está decidido a admitir que sea sueño, si así lo quiere su interlocutor, mientras su amigo lea con gusto lo que ha escrito.

Como dijo Juan de Valdés en su *Diálogo de doctrina cristiana*, «porque fuera cosa prolija y enojosa repetir muchas veces "dijo el arzobispo" y "dijo el cura", y "dije yo", determiné de ponerlo de manera que cada uno hable por sí, de suerte que sea diálogo más que tratado»; de la misma forma justifica Campuzano la forma en que ha transcrito el coloquio entre los dos perros; y, con toda la sorna cervantina, recurre a las condiciones de su juicio y memoria en ese momento, según la enseñanza de Huarte de San Juan, para dar verosimilitud a la exactitud de su transcripción; sin embargo, no olvida el genial Cervantes dejar un «casi» en la fidelidad del trasladador: «todo lo tomé de coro y, casi por las mismas palabras que había oído, lo escribí otro día».

Al modo además con que Mateo Luján de Sayavedra –o Juan Martí– en el falso *Guzmán de Alfarache* justifica el relato de vida entre pícaros («les pregunté que me contasen su vida más por extenso, con presupuesto que al otro día yo les contaría la mía: cosa común entre vagabundos», cap. I), Campuzano anuncia que Cipión contó la suya a la noche siguiente y que la escribirá «cuando viere o que ésta se crea o, a lo menos, que no se desprecie»; otro espacio narrativo en blanco que se queda aquí en promesa. Pero para ver en qué para tendremos que esperar a hacer lo mismo que el licenciado Peralta y al mismo tiempo que él: leer el coloquio, «sueños o disparates» –al modo de su admirado Quevedo–, mientras su autor, o simple copista, duerme la siesta. Abrimos, como él, el cartapacio y vemos que está puesto este título: «Novela y coloquio que pasó entre Cipión y Berganza...».

El coloquio de los perros

El epígrafe del relato no deja lugar a dudas sobre su carácter híbrido: «Novela y coloquio que pasó entre Cipión y Berganza», y contribuye a ello el nombre de sus personajes, los perros. Cipión es también el del general romano que protagoniza la tragedia de Cervantes *La Numancia,* Escipión, y que el escritor retrata con inteligencia y sensatez. La cercanía del de «Berganza» al de «bergante» o pícaro crea esa otra mezcla que conviene al diálogo, que tiene mucho de pícaro, pero también de sensato y filosófico; no en vano los propios perros recuerdan la etimología de los cínicos en relación con su nombre. El diálogo es la autobiografía de Berganza, el «pícaro», salpicada con los comentarios literarios y morales de su interlocutor, el sensato Cipión. Cervantes, con tino, no hace que escriban su vida los pícaros que inventa; Rinconete y Cortadillo la cuentan también; aunque Rincón, como hijo de buldero, sabía escribir.

Desde su nacimiento en el Matadero de Sevilla y desde su primer amo, el jifero Nicolás el Romo, hasta que se recoge en el Hospital de la Resurrección, Berganza será espectador del comportamiento humano, como lo fue Lázaro de Tormes. Mientras el pregonero sólo sufrió y observó a un ciego rezador, a miembros viciosos de la iglesia o a un vanidoso y pobre cortesano, la galería de personajes de los que habla Berganza es mucho mayor: tendrá amos pastores y podrá comentar la diferencia que hay entre ellos y los literarios; a un rico mercader, con cuyos hijos asistirá al estudio de la Compañía de Jesús, donde asombrará a los estudiantes comiendo como si fuera persona al modo de Lucio, el *Asno de oro;* a un alguacil, de cuyos engaños será testigo, de la misma forma que Lázaro lo fue del falso milagro de su amo, el buldero, en connivencia con su amigo alguacil; pero ese amo de Berganza será además uno de los cómplices de Monipodio, en cuyo patio entrará también el perro. *El coloquio de los perros* es a ratos una antología literaria que se convierte magistralmente en literatura propia por la genialidad de Cervantes; toma materiales ajenos y suyos, como abeja renacentista, y los transforma en su novela más original.

El amo que viene tras el alguacil será un soldado tambor con ribetes de rufián que se transformará en titiritero gracias al perro sabio que Berganza sabrá hacer. Y en ese lugar confluye con maese Pedro, o Ginés de Pasamonte, que se ganaba la vida con un mono sabio; galeote en la primera parte del *Quijote* y titiritero en la segunda porque sólo él puede hacer que el mono sabio diga verdades al hidalgo y a su escudero ya que los conoce.

De Mairena, donde Berganza encuentra al tambor, irán a Montilla, y allí tendrá el perro el encuentro con la bruja Cañizares. La fuente de Cervantes en el comportamiento de las brujas es el *Jardín de flores curiosas* de Antonio de Torquemada, obra que reaparece en páginas del *Persiles* y que incluye Cervantes en el escrutinio del *Quijote*. Las brujas son también esenciales en *El asno de oro*, ya que precisamente se debe a una pócima equivocada de la criada de la maga Pánfila la metamorfosis de Lucio en asno, y sucede en Tesalia, la tierra de las hechiceras; sin embargo, la descripción de la insensibilidad de la Cañizares tras el unto es deudora de la que hace Torquemada de una bruja en el tratado tercero de su *Jardín*. En cambio, un detalle de la vida presente de la bruja como hospitalera es un nuevo homenaje cervantino al *Lazarillo:* algunos pobres al morirse le dan la vida con lo que le dejan o con lo que ella les quita; también Lázaro, cuando sirve al mezquino clérigo, vive de la muerte porque come en los mortuorios. Y Cervantes además pone en boca de la bruja un refrán que habrá recreado Lázaro: «que tal hay que se quiebra dos ojos porque su enemigo se quiebre uno».

El episodio de la bruja es central en el *Coloquio,* porque lo destaca el propio Berganza al referirse a él antes de que llegue el momento de contarlo: «es una cierta historia que me pasó con una grande hechicera, discípula de la Camacha de Montilla»; le dice a Cipión que debía habérselo narrado al principio de su charla, e insiste en ello cuando se lo cuenta: «Esto que ahora te quiero contar, te lo había de haber dicho al principio de mi cuento, y así excusáramos la admiración que nos causó el vernos con habla». Berganza relaciona el episodio con la asombrosa facultad que tienen de hablar. Cervantes llena de posibilidades ese territorio de la inverosimilitud del habla de los perros: ¿son personajes de fábula o fueron niños convertidos en perros por las malas artes de la Camacha? ¿Sueñan ellos o son sueño o invención del alférez? No olvidemos que la bruja llama al perro Montiel, y que con tal nombre se presenta Chanfalla, «el que trae *el retablo de las maravillas*». Y el titiritero, con su palabra, da realidad a esas maravillas.

En la *Gesta romanorum* y en la *Disciplina clericalis,* que Cervantes leyó muy bien, se cuenta la historia de una vieja alcahueta que, para conseguir que una bella dama casada haga caso a un galán, la convence de que su perra es su hija, una bella y casta muchacha que se había negado al cortejo amoroso de un joven caballero; al morir éste desesperado, Dios la transformó en perra. Para darle una «apariencia» humana al animal, le deja un día sin comer y luego le da pan con mostaza para que llore; la dama quedará convencida y atemorizada de lo que le cuenta la vieja al ver el llanto tan humano de la perra y accederá a lo que le pide la alcahueta. Pudiera haber dado la idea a Cervantes de sus perros, o se la dio la historia de Falcheto, al que el odio del hijo de una maga metamorfoseó en perro, en la adaptación castellana del *Baldus;* aunque indudablemente el modelo más evidente, que cita la propia bruja, es la transformación en asno de Lucio y su ir de amo en amo en *El asno de oro* de Apuleyo. Es más difícil pensar en que Cervantes pudo conocer el perseguido *Cymbalum mundi* de Bonaventure des Periers, cuyo diálogo IV está en boca de dos perros de Acteón, Hylactor y Pamphagus, que hablan –e Hylactor se sorprende de hacerlo, como los perros cervantinos– gracias a que se comieron la lengua de su amo. No deja de resultar curiosa la coincidencia del asombro de los perros por hablar y de que se presente una justificación mitológica para ello.

Y no hay que olvidar tampoco ese final de capítulo del *Guzmán de Alfarache,* obra que admiró e intentó emular –y criticar– Cervantes, cuando dice el pícaro: «Estos ladridos a mejores perros tocan: rómpanse las gargantas, descubran los ladrones. Mas ¡ay, si por ventura o desventura les han echado pan a la boca y callan!», II, 3. Las moralizaciones del *Guzmán* se ven al fondo de los reproches que le hace Cipión a Berganza ante su tendencia a la digresión, y también los ataques a la murmuración, tan frecuentes en la obra de Alemán, que se funden con las de la ruptura del hilo del discurso. Cervantes unirá al fin la censura moral con la literaria porque los comentarios morales de Berganza –la murmuración según Cipión– le desvían de su objetivo, contar su vida.

Después del trascendental episodio de la bruja, que además podría enlazar a esos dos peculiares «amigos» con un supuesto pasado común, Berganza servirá a gitanos, cuya vida fue materia de *La gitanilla*. Y el relato se convierte en ese momento en escena de costumbres, primero del grupo nómada, y después lo será de los moriscos –Berganza sirve a un hortelano morisco–, vistos ya desde la existencia de la orden de expulsión: «Buscado se ha remedio para todos los daños que has apuntado», le dirá Cipión ante el discurso acusatorio de su compañero. Al pie de un granado de la huerta, oirá a un poeta y a su amigo, comediante; y el episodio entra en el terreno de la sátira contra los malos comediógrafos.

El poeta, que escribe comedias, está empeñado en sacar al papa, «vestido de pontifical», con doce cardenales, «todos vestidos de morado». Y cuando el comediante le objeta que de dónde va a sacar un director de compañía «vestidos morados para doce cardenales», replica el poeta comediógrafo: «¡Pues si me quita uno tan sólo, [...], así le daré yo mi comedia como volar. ¡Cuerpo de tal! ¿Esta apariencia tan grandiosa se ha de perder?». El clérigo poeta del *Buscón* con que se topa Pablos, camino de Madrid, le empieza a recitar una comedia «que tenía más jornadas que el camino de Jerusalén» y que titula *El arca de Noé*, «hacíase toda entre gallos y ratones, jumentos, raposas, lobos y jabalíes, como fábulas de Isopo», II, 2; y sólo estará dispuesto a cambiar los animales por papagayos, tordos y picazas. Aunque el contenido nada tenga que ver, el planteamiento teórico es el mismo: son dos comediógrafos que escriben comedias que son totalmente imposibles de representar, y tal «pequeño» inconveniente no los hace renunciar a su «gran» idea. Berganza contemplará, junto al poeta, el fracaso de su comedia, y llegará a ser también farsante «de figuras mudas» e intervendrá en los finales de entremés. En ese papel, le darán una gran herida, y dejará a los farsantes y se acogerá «a sagrado», al hospital. El modelo primero del pícaro farsante fue el Guzmán del valenciano Juan Martí, y después el propio Buscón.

Un día verá a Cipión en compañía de Mahúdes y decidirá buscar amparo en el Hospital de la Resurrección, en donde tiene lugar su charla, que el alférez Campuzano oyó y transcribió. Cervantes no deja tampoco suelto este cabo porque al comienzo de su coloquio Berganza le dice a Cipión que mire si alguno les oye, y la respuesta de su compañero enlaza sabiamente con su marco narrativo: «Ninguno, a lo que creo, puesto que aquí cerca está un soldado tomando sudores; pero en esta sazón más estará para dormir que para ponerse a escuchar a nadie».

Como una especie de coda, de añadido, cuando ya casi apunta el día, Berganza le contará a Cipión lo que le ha sucedido en el hospital, en donde empieza su diálogo, «especialmente lo que oí a cuatro enfermos que la suerte y la necesidad trujo a este hospital y a estar todos cuatro juntos en cuatro camas apareadas». Con la licencia de Cipión, le dirá «que en las cuatro camas que están al cabo desta enfermería, en la una estaba un alquimista, en la otra un poeta, en la otra un matemático y en la otra uno de los que llaman arbitristas». El diálogo entre estos cuatro personajes del *Coloquio* nos lleva de nuevo a Quevedo, y al *Buscón,* a su camino de Alcalá a Segovia, donde primero encuentra a un arbitrista, después al diestro –con el que se puede emparejar al matemático cervantino, que dice que lleva veintidós años tras «el punto fijo»– y luego a un clérigo poeta. Son cuatro «figuras» cervantinas, al modo de las que tan bien creaba Quevedo; y siguiendo el mismo modelo, Cervantes convertirá en arbitrista a su don Quijote al comienzo de la *Segunda parte.*

El coloquio de los perros es una reflexión –y una construcción– esencialmente literaria; hay en él escenas de costumbres y sátira; hay relato novelesco, pero, sobre todo, literatura, desde el *Asno de oro* de Apuleyo y los diálogos de Luciano, en cuyo camino se sitúa el escritor, hasta la novela picaresca: *La vida de Lazarillo de Tormes,* las dos partes del *Guzmán de Alfarache* de Mateo Alemán, el falso *Guz-*

mán de Mateo Luján de Sayavedra, y *La vida del Buscón* de Quevedo, del que se convierte en testimonio de su existencia. Todas estas referencias literarias llevan la fecha de escritura de la novela cervantina a una época no muy lejana a la de las primeras aprobaciones que tienen las *Novelas ejemplares*, de julio de 1612.

El coloquio se cierra con fórmula tópica del género, pero invertida –¡siempre la originalidad cervantina!–; no dejan de hablar los personajes porque se hace de noche, sino porque amanece; así dice Cipión: «Y con esto pongamos fin a esta plática, que la luz que entra por estos resquicios muestra que es muy entrado el día». La promesa del relato que el perro hará de su vida la noche siguiente nos lleva a la afirmación del alférez de que, en efecto, la oyó y piensa escribirla.

Cervantes no olvidó a los dos personajes del marco, al soldado y al licenciado, porque cierra su diálogo después de acabar el de los perros. El narrador reaparece para fundir dos acciones, la del final de la lectura de Peralta y la del despertar de Campuzano. La alabanza del coloquio, la licencia para que su autor escriba el segundo y el dejar a un lado la discusión sobre la verdad de los hechos será la materia de la breve reaparición de los dos amigos, que deciden irse a pasear al Espolón.

La imagen de esos dos personajes tan cervantinos alejándose en el blanco de la página cierra estas *Novelas ejemplares* de la misma forma que la figura de su creador, Miguel de Cervantes, entrando en Madrid por el puente de Toledo sobre un rucio pasilargo cierra el prólogo de *Los trabajos de Persiles y Sigismunda* y su inmarcesible obra literaria. Sólo nos queda ver, en el mudo y sosegado silencio, la sonrisa con que el espejo –la vida– la acoge siglo tras siglo.

Rosa Navarro Durán

Criterio de la presente edición

Esta edición reproduce el texto de la primera: NOVELAS EXEMPLARES / DE MIGVEL DE / Ceruantes Saauedra. / DIRIGIDO A DON PEDRO FERNAN- / *dez de Castro, Conde de Lemos, de Andrade, de Villalua, / Marques de Sarria, Gentilhombre de la Camara de su / Magestad, Virrey, Gouernador, y Capitan General / del Reyno de Napoles, Comendador de la En- / comienda de la Zarça de la Orden / de Alcantara.* / Año 1613. / Cō priuilegio de Castilla, y de los Reynos de la Corona de Aragō. / EN MADRID, Por Iuan de la Cuesta. / Vendese en casa de Frācisco de Robles, librero del Rey nr̄o Señor.

Modernizo la ortografía, pero mantengo las vacilaciones de las vocales átonas *(hinchir, recebir, ducientos, trairía,* etc.), las aglutinaciones de la preposición *de* con pronombres personales demostrativos *(della, destos, desta...),* los grupos consonánticos cultos *(respecto, faciones, efeto, sumptuosamente,* etc.), a veces con dobles formas, y otros rasgos de la lengua del texto *(apriesa, trujo, agora, ahajé, ansí, cosarios,* etc.). Acentúo y puntúo según las normas académicas.

En las notas abrevio las menciones del *Tesoro de la lengua castellana o española* de Sebastián de Covarrubias, ed. de Martín de Riquer, Barcelona, Alta Fulla, 1987; del *Diccionario de Autoridades* de la Real Academia Española, ed. facsímil, Madrid, Gredos, 1969; del *Vocabulario de refranes y frases proverbiales* de Gonzalo Correas, ed. de Víctor Infantes, Madrid, Visor Libros, 1992, y del *Léxico del marginalismo del Siglo de Oro* de J. L. Alonso Hernández, Universidad de Salamanca, 1977.

El casamiento engañoso

Salía del Hospital de la Resurrección que está en Valladolid, fuera de la puerta del Campo[1], un soldado que, por servirle su espada de báculo y por la flaqueza de sus piernas y amarillez de su rostro, mostraba bien claro que, aunque no era el tiempo muy caluroso, debía de haber sudado[2] en veinte días todo el humor que quizá granjeó en una hora. Iba haciendo pinitos y dando traspiés, como convaleciente; y al entrar por la puerta de la ciudad, vio que hacia él venía un su amigo, a quien no había visto en más de seis meses; el cual, santiguándose, como si viera alguna mala visión, llegándose[3] a él, le dijo:

–¿Qué es esto, señor alférez Campuzano? ¿Es posible que está vuesa merced en esta tierra? ¡Como quien soy que le hacía en Flandes, antes terciando allá la pica[4] que arrastrando aquí la espada! ¿Qué color, qué flaqueza es ésa?

1. Cerca de donde vivió Cervantes en Valladolid.
2. Como en seguida contará, se curaba en el hospital una sífilis, y los sudores formaban parte del tratamiento médico.
3. *llegándole* en 1613.
4. *terciando allá la pica:* luchando en un tercio o regimiento de infantería.

A lo cual respondió Campuzano:

–A lo si estoy en esta tierra o no, señor licenciado Peralta, el verme en ella le responde; a las demás preguntas no tengo qué decir, sino que salgo de aquel hospital, de sudar catorce cargas de bubas[5] que me echó a cuestas una mujer que escogí por mía, que non debiera.

–¿Luego casóse vuesa merced? –replicó Peralta.

–Sí, señor –respondió Campuzano.

–Sería por amores –dijo Peralta–, y tales casamientos traen consigo aparejada la ejecución del arrepentimiento.

–No sabré decir si fue por amores –respondió el alférez–, aunque sabré afirmar que fue por dolores[6], pues de mi casamiento, o cansamiento, saqué tantos en el cuerpo y en el alma, que los del cuerpo, para entretenerlos, me cuestan cuarenta sudores; y los del alma, no hallo remedio para aliviarlos siquiera. Pero porque no estoy para tener largas pláticas en la calle, vuesa merced me perdone; que otro día con más comodidad le daré cuenta de mis sucesos, que son los más nuevos y peregrinos que vuesa merced habrá oído en todos los días de su vida.

–No ha de ser así –dijo el licenciado–, sino que quiero que venga conmigo a mi posada, y allí haremos penitencia juntos[7]; que la olla es muy de enfermo, y aunque está tasada para dos, un pastel suplirá con mi criado; y si la convalecencia lo sufre, unas lonjas de jamón de Rute nos harán la salva[8], y, sobre todo, la buena voluntad con que lo ofrez-

5. *bubas:* la sífilis o mal francés.

6. «Quien casa por amores, siempre vive con dolores», Correas, *Vocabulario*.

7. «Don Quijote pidió y rogó al bachiller se quedase a hacer penitencia con él. Tuvo el bachiller el envite, quedóse, añadióse al ordinario un par de pichones...», II, 3.

8. Servirán para probar los alimentos o, aquí, para empezar a comer.

co, no sólo esta vez, sino todas las que vuesa merced quisiere.

Agradecióselo Campuzano y aceptó el convite y los ofrecimientos. Fueron a San Llorente, oyeron misa, llevóle Peralta a su casa, diole lo prometido y ofrecióselo de nuevo, y pidióle, en acabando de comer, le contase los sucesos que tanto le había encarecido. No se hizo de rogar Campuzano, antes comenzó a decir desta manera:

–Bien se acordará vuesa merced, señor licenciado Peralta, como yo hacía en esta ciudad camarada con el capitán Pedro de Herrera, que ahora está en Flandes.

–Bien me acuerdo –respondió Peralta.

–Pues un día –prosiguió Campuzano– que acabábamos de comer en aquella posada de la Solana, donde vivíamos, entraron dos mujeres de gentil parecer con dos criadas. La una se puso a hablar con el capitán en pie, arrimados a una ventana; y la otra se sentó en una silla junto a mí, derribado el manto hasta la barba, sin dejar ver el rostro más de aquello que concedía la raridad[9] del manto; y aunque le supliqué que por cortesía me hiciese merced de descubrirse, no fue posible acabarlo con ella, cosa que me encendió más el deseo de verla. Y para acrecentarle más, o ya fuese de industria [o] acaso, sacó la señora una muy blanca mano con muy buenas sortijas. Estaba yo entonces bizarrísimo, con aquella gran cadena que vuesa merced debió de conocerme, el sombrero con plumas y cintillo, el vestido de colores, a fuer de[10] soldado, y tan gallardo a los ojos de mi locura, que me daba a entender que las podía matar en el aire[11]. Con todo esto, le rogué que se descubriese; a lo

9. *raridad:* «cualidad que constituye una cosa en ser de rara o rala», *Auts.*
10. *a fuer de:* al modo de.
11. *matar en el aire:* «matarlas en el aire, ser un hombre muy agudo y cortesano; hay cazadores tan diestros que tiran a las aves a vuelo», *Tesoro.*

que ella me respondió: «No seáis importuno; casa tengo; haced a un paje que me siga, que aunque yo soy más honrada de lo que promete esta respuesta, todavía, a trueco de ver si responde vuestra discreción a vuestra gallardía, holgaré de que me veáis».

»Beséle las manos por la grande merced que me hacía, en pago de la cual le prometí montes de oro. Acabó el capitán su plática; ellas se fueron; siguiólas un criado mío. Díjome el capitán que lo que la dama le quería era que le llevase unas cartas a Flandes a otro capitán, que decía ser su primo, aunque él sabía que no era sino su galán. Yo quedé abrasado con las manos de nieve que había visto y muerto por el rostro que deseaba ver.

»Y así, otro día, guiándome mi criado, dióseme libre entrada. Hallé una casa muy bien aderezada y una mujer de hasta treinta años, a quien conocí por las manos. No era hermosa en extremo; pero éralo de suerte que podía enamorar comunicada[12], porque tenía un tono de habla tan suave que se entraba por los oídos en el alma. Pasé con ella luengos y amorosos coloquios. Blasoné, hendí, rajé, ofrecí, prometí y hice todas las demostraciones que me pareció ser necesarias para hacerme bienquisto con ella. Pero como ella estaba hecha a oír semejantes o mayores ofrecimientos y razones, parecía que les daba atento oído antes que crédito alguno. Finalmente, nuestra plática se pasó en flores[13] cuatro días que continué en visitalla, sin que llegase a coger el fruto que deseaba.

»En el tiempo que la visité siempre hallé la casa desembarazada, sin que viese visiones en ella de parientes fingidos ni de amigos verdaderos. Servíala una moza más tai-

12. *comunicada:* tratada.
13. *en flores:* «irse todo en flores, no haber cosa de sustancia», *Tesoro.*

mada que simple. Finalmente, tratando mis amores como soldado que está en víspera de mudar, apuré a mi señora doña Estefanía de Caicedo (que éste es el nombre de la que así me tiene), y respondióme: "Señor alférez Campuzano, simplicidad sería si yo quisiese venderme a vuesa merced por santa. Pecadora he sido, y aún ahora lo soy; pero no de manera que los vecinos me murmuren ni los apartados me noten; ni de mis padres ni de otro pariente heredé hacienda alguna, y con todo esto vale el menaje[14] de mi casa, bien validos, dos mil y quinientos escudos; y éstos, en cosas que, puestas en almoneda, lo que se tardase en ponellas se tardará en convertirse en dineros. Con esta hacienda busco marido a quien entregarme y a quien tener obediencia; a quien, juntamente con la enmienda de mi vida, le entregaré una increíble solicitud de regalarle y servirle; porque no tiene príncipe cocinero más goloso[15] ni que mejor sepa dar el punto a los guisados que le sé dar yo, cuando, mostrando ser casera, me quiero poner a ello. Sé ser mayordomo en casa, moza en la cocina y señora en la sala; en efeto, sé mandar y sé hacer que me obedezcan. No desperdicio nada y allego mucho; mi real no vale menos, sino mucho más cuando se gasta por mi orden. La ropa blanca que tengo, que es mucha y buena, no se sacó de tiendas ni lenceros; estos pulgares y los de mis criadas la hilaron; y si pudiera tejerse en casa, se tejiera. Digo estas alabanzas mías porque no acarrean vituperio cuando es forzosa la necesidad de decirlas. Finalmente, quiero decir que yo busco marido que me ampare, me mande y me honre, y no galán que me sirva y me vitupere. Si vuesa

14. *menaje:* «los muebles de una casa, que se mudan de una parte a otra», *Auts.*
15. *goloso:* que sabe estimular el apetito.

merced gustare de aceptar la prenda que se le ofrece, aquí estoy mo[l]iente y corriente, sujeta a todo aquello que vuesa merced ordenare, sin andar en venta, que es lo mismo andar en lenguas de casamenteros, y no hay ninguno tan bueno para concertar el todo como las mismas partes".

»Yo, que tenía entonces el juicio, no en la cabeza, sino en los carcañales[16], haciéndoseme el deleite en aquel punto mayor de lo que en la imaginación le pintaba, y ofreciéndoseme tan a la vista la cantidad de hacienda que ya la contemplaba en dineros convertida, sin hacer discursos de aquellos a que daba lugar el gusto, que me tenía echados grillos al entendimiento, le dije que yo era el venturoso y bien afortunado en haberme dado el cielo, casi por milagro, tal compañera, para hacerla señora de mi voluntad y de mi hacienda; que no era tan poca que no valiese, con aquella cadena que traía al cuello y con otras joyuelas que tenía en casa y con deshacerme de algunas galas de soldado, más de dos mil ducados, que, juntos con los dos mil y quinientos suyos, era suficiente cantidad para retirarnos a vivir a una aldea de donde yo era natural y adonde tenía algunas raíces; hacienda tal, que, sobrellevada con el dinero, vendiendo los frutos a su tiempo, nos podía dar una vida alegre y descansada. En resolución, aquella vez se concertó nuestro desposorio, y se dio traza cómo los dos hiciésemos información[17] de solteros. Y en los tres días de fiesta que vinieron luego juntos en una Pascua, se hicieron

16. *tener el seso en los calcañares:* «frase vulgar que se dice del sujeto que tiene poco asiento, y sus operaciones son sin reflexión y con poco juicio», *Auts.*

17. *información:* «se llaman en lo forense las diligencias jurídicas que se hacen de cualquier hecho u delito para averiguarle y certificarse de su verdad», *Auts.*

las amonestaciones, y al cuarto día nos desposamos, hallándose presentes al desposorio dos amigos míos y un mancebo que ella dijo ser primo suyo, a quien yo me ofrecí por pariente con palabras de mucho comedimiento, como lo habían sido todas las que hasta entonces a mi nueva esposa había dado, con intención tan torcida y traidora, que la quiero callar; porque, aunque estoy diciendo verdades, no son verdades de confesión, que no pueden dejar de decirse.

»Mudó mi criado el baúl de la posada a casa de mi mujer; encerré en él, delante della, mi magnífica cadena; mostréle otras tres o cuatro, si no tan grandes, de mejor hechura, con otros tres o cuatro cintillos[18] de diversas suertes; hícele patentes mis galas y mis plumas y entreguéle para el gasto de casa hasta cuatrocientos reales que tenía. Seis días gocé del pan de la boda, espaciándome[19] en casa como el yerno ruin en la del suegro rico. Pisé ricas alfombras, ahajé[20] sábanas de holanda, alumbréme[21] con candeleros de plata; almorzaba[22] en la cama, levantábame a las once, comía a las doce y a las dos sesteaba en el estrado; bailábanme doña Estefanía y la moza el agua delante[23]. Mi mozo, que hasta allí le había conocido perezoso y lerdo, se había vuelto un corzo. El rato que doña Estefanía faltaba de mi lado, la habían de hallar en la cocina, toda solícita en orde-

18. *cintillo:* «cordoncillo de seda labrado [...] que se suele usar en los sombreros. También se hacen de cerdas, plata, oro y pedrería», *Auts.*
19. *espaciándome:* recreándome.
20. *ahajé:* ajé.
21. *alumbréme: alumbrame* en 1613. Schevill y Bonilla enmiendan *alumbra[ua]me.* Avalle-Arce y otros editores prolongan la serie de pretéritos, por lo que me inclino también.
22. *almorzaba:* desayunaba.
23. *bailar el agua delante*: «servir con gran diligencia y prontitud», *Tesoro.*

nar guisados que me despertasen el gusto y me avivasen el apetito. Mis camisas, cuellos y pañuelos eran un nuevo Aranjuez de flores, según olían, bañados en la agua de ángeles[24] y de azahar que sobre ellos se derramaba.

»Pasáronse estos días volando, como se pasan los años, que están debajo de la jurisdición del tiempo; en los cuales días, por verme tan regalado y tan bien servido, iba mudando en buena la mala intención con que aquel negocio había comenzado. Al cabo de los cuales, una mañana –que aún estaba con doña Estefanía en la cama– llamaron con grandes golpes a la puerta de la calle. Asomóse la moza a la ventana y, quitándose al momento, dijo:

»–¡Oh, que sea ella la bienvenida! ¡Han visto y cómo ha venido más presto de lo que escribió el otro día!

»–¿Quién es la que ha venido, moza? –le pregunté.

»–¿Quién? –respondió ella–. Es mi señora doña Clementa Bueso, y viene con ella el señor don Lope Meléndez de Almendárez, con otros dos criados, y Ortigosa, la dueña que llevó consigo.

»–¡Corre, moza –¡Bien haya yo!–, y ábrelos! –dijo a este punto doña Estefanía–. Y vos, señor, por mi amor que no os alborotéis ni respondáis por mí a ninguna cosa que contra mí oyéredes.

»–Pues ¿quién ha de deciros cosa que os ofenda, y más estando yo delante? Decidme: ¿qué gente es ésta, que me parece que os ha alborotado su venida?

»–No tengo lugar de responderos –dijo doña Estefanía–; sólo sabed que todo lo que aquí pasase es fingido y que tira a cierto designio y efeto que después sabréis.

»Y aunque quisiera replicarle a esto, no me dio lugar la señora doña Clementa Bueso, que se entró en la sala, ves-

24. *agua de ángeles:* colonia, perfume.

tida de raso verde prensado[25], con muchos pasamanos de oro, capotillo de lo mismo y con la misma guarnición, sombrero con plumas verdes, blancas y encarnadas, y con rico cintillo de oro, y con un delgado velo cubierta la mitad del rostro. Entró con ella el señor don Lope Meléndez de Almendárez, no menos bizarro que ricamente vestido de camino. La dueña Ortigosa fue la primera que habló, diciendo:

»–¡Jesús! ¿Qué es esto? ¿Ocupado el lecho de mi señora doña Clementa, y más con ocupación de hombre? ¡Milagro veo hoy en esta casa! ¡A fe que se ha ido bien del pie a la mano[26] la señora Estefanía, fiada en la amistad de mi señora!

»–Yo te lo prometo[27], Ortigosa –replicó doña Clementa–; pero yo me tengo la culpa. ¡Que jamás escarmiente yo en tomar amigas que no lo saben ser si no es cuando les viene a cuento!

»A todo lo cual respondió doña Estefanía:

»–No reciba vuesa merced pesadumbre, mi señora doña Clementa Bueso, y entienda que no sin misterio ve lo que ve en esta su casa; que cuando lo sepa, yo sé que quedaré desculpada y vuesa merced sin ninguna queja.

»En esto ya me había puesto yo en calzas y en jubón, y tomándome doña Estefanía por la mano, me llevó a otro aposento. Y allí me dijo que aquella su amiga quería hacer una burla a aquel don Lope que venía con ella, con quien

25. *prensado:* aprensado; *aprensar:* «meter en prensa los paños, ropa y otros géneros para adelgazarlos y darlos lustre», *Auts.*
26. Con el sentido que tiene el refrán «al villano dale el pie y se tomará la mano», que glosa así *Auts.*: «refrán que aconseja no se tengan familiaridades con gente ruin y villana porque de tenerlas resulta el que tengan atrevimientos y llanezas indecentes».
27. *prometo:* aseguro.

pretendía casarse, y que la burla era darle a entender que aquella casa y cuanto estaba en ella era todo suyo, de lo cual pensaba hacerle carta de dote[28], y que hecho el casamiento, se le daba poco que se descubriese el engaño, fiada en el grande amor que el don Lope la tenía.

»–Y luego se me volverá lo que es mío, y no se le tendrá a mal a ella ni a otra mujer alguna de que procure buscar marido honrado, aunque sea por medio de cualquier embuste.

»Yo le respondí que era grande extremo de amistad el que quería hacer, y que primero se mirase bien en ello, porque después podría ser tener necesidad de valerse de la justicia para cobrar[29] su hacienda. Pero ella me respondió con tantas razones, representando tantas obligaciones que la obligaban a servir a doña Clementa, aun en cosas de más importancia, que, mal de mi grado y con remordimiento de mi juicio, hube de condecender con el gusto de doña Estefanía, asegurándome ella que solos ocho días podía durar el embuste, los cuales estaríamos en casa de otra amiga suya. Acabámonos de vestir ella y yo, y luego, entrándose a despedir de la señora doña Clementa Bueso y del señor don Lope Meléndez de Almendárez, hizo a mi criado que se cargase el baúl y que la siguiese, a quien yo también seguí, sin despedirme de nadie.

»Paró doña Estefanía en casa de una amiga suya y, antes que entrásemos dentro, estuvo un buen espacio hablando con ella, al cabo del cual salió una moza y dijo que entrásemos yo y mi criado. Llevónos a un aposento estrecho, en el cual había dos camas tan juntas que parecían una, a causa

28. *carta de dote:* «el instrumento que se hace, por el cual se saben y conocen todas las alhajas y caudal que lleva la mujer al matrimonio», *Auts.*
29. *cobrar:* recuperar.

que no había espacio que las dividiese, y las sábanas de entrambas se besaban. En efeto, allí estuvimos seis días, y en todos ellos no se pasó hora que no tuviésemos pendencia diciéndole la necedad que había hecho en haber dejado su casa y su hacienda, aunque fuera a su misma madre.

»En esto iba yo y venía[30] por momentos[31], tanto, que la huéspeda de casa, un día que doña Estefanía dijo que iba a ver en qué término estaba su negocio, quiso saber de mí qué era la causa que me movía a reñir tanto con ella y qué cosa había hecho que tanto se la afeaba diciéndole que había sido necedad notoria más que amistad perfeta. Contéle todo el cuento, y cuando llegué a decir que me había casado con doña Estefanía y la dote que trujo y la simplicidad que había hecho en dejar su casa y hacienda a doña Clementa, aunque fuese con tan sana intención como era alcanzar tan principal marido como don Lope, se comenzó a santiguar y hacerse cruces con tanta priesa y con tanto "¡Jesús, Jesús, de la mala hembra!", que me puso en gran turbación. Y al fin me dijo:

»–Señor alférez, no sé si voy contra mi conciencia en descubriros lo que me parece que también la cargaría si lo callase; pero, a Dios y a ventura sea lo que fuere, ¡viva la verdad y muera la mentira! La verdad es que doña Clementa Bueso es la verdadera señora de la casa y de la hacienda de que os hicieron la dote; la mentira es todo cuanto os ha dicho doña Estefanía; que ni ella tiene casa, ni hacienda, ni otro vestido del que trae puesto. Y el haber tenido lugar y espacio para hacer este embuste fue que doña Clementa fue a visitar unos parientes suyos a la ciudad de Plasencia, y de allí fue a tener

30. *ir y venir:* «insistir en una misma especie, revolviéndola continuamente en la imaginación», *Auts.*
31. *por momentos:* continuamente.

novenas en Nuestra Señora de Guadalupe, y en este entretanto dejó en su casa a doña Estefanía, que mirase por ella, porque, en efeto, son grandes amigas; aunque, bien mirado, no hay que culpar a la pobre señora, pues ha sabido granjear a una tal persona como la del señor alférez por marido.

»Aquí dio fin a su plática, y yo di principio a desesperarme, y sin duda lo hiciera si tantico se descuidara el ángel de mi guarda en socorrerme acudiendo a decirme en el corazón que mirase que era cristiano y que el mayor pecado de los hombres era el de la desesperación[32], por ser pecado de demonios. Esta consideración o buena inspiración me conortó[33] algo; pero no tanto que dejase de tomar mi capa y espada y salir a buscar a doña Estefanía, con prosupuesto[34] de hacer en ella un ejemplar castigo; pero la suerte, que no sabré decir si mis cosas empeoraba o mejoraba, ordenó que, en ninguna parte donde pensé hallar a doña Estefanía, la hallase. Fuime a San Llorente, encomendéme a Nuestra Señora, sentéme sobre un escaño y con la pesadumbre me tomó un sueño tan pesado, que no despertara tan presto si no me despertaran.

»Fui lleno de pensamientos y congojas a casa de doña Clementa y halléla con tanto reposo como señora de su casa; no le osé decir nada porque estaba el señor don Lope delante. Volví en casa de mi huéspeda, que me dijo haber contado a doña Estefanía cómo yo sabía toda su maraña y embuste, y que ella le preguntó qué semblante había yo mostrado con tal nueva, y que le había respondido que muy malo, y que, a su parecer, había salido yo con mala intención y peor determinación a buscarla. Dí-

32. *desesperación* de *desesperarse,* con el sentido de suicidarse; en *La española inglesa* se lo califica de «infame y cobarde remedio».
33. *conortó:* consoló.
34. *prosupuesto:* propósito.

jome, finalmente, que doña Estefanía se había llevado cuanto en el baúl tenía, sin dejarme en él sino un solo vestido de camino.

»¡Aquí fue ello! ¡Aquí me tuvo de nuevo Dios de su mano! Fui a ver mi baúl y halléle abierto y como sepultura que esperaba cuerpo difunto, y a buena razón había de ser el mío, si yo tuviera entendimiento para saber sentir y ponderar tamaña desgracia.

–Bien grande fue –dijo a esta sazón el licenciado Peralta– haberse llevado doña Estefanía tanta cadena y tanto cintillo; que, como suele decirse, todos los duelos...[35], etc.

–Ninguna pena me dio esa falta –respondió el alférez–, pues también podré decir: «Pensóse don Simueque que me engañaba con su hija la tuerta, y por el Dío, contrecho soy de un lado»[36].

–No sé a qué propósito pueda vuesa merced decir eso –respondió Peralta.

–El propósito es –respondió el alférez– de que toda aquella balumba[37] y aparato de cadenas, cintillos y brincos podía valer hasta diez o doce escudos.

–Eso no es posible –replicó el licenciado–, porque la que el señor alférez traía al cuello mostraba pesar más de docientos ducados.

–Así fuera –respondió el alférez– si la verdad respondiera al parecer; pero como no es todo oro lo que reluce, las cadenas, cintillos, joyas y brincos con sólo ser de alquimia[38] se contentaron; pero estaban tan bien he-

35. «Todos los duelos con pan son buenos», Correas, *Vocabulario.*

36. «Piensa don Zaga que con su hija tuerta me engaña; pues para el Dío, hermano, que soy contrecho de un lado», Correas, *Vocabulario.* ¿Será *Simué* en vez de *Simueque?*

37. *balumba:* gran bulto.

38. *de alquimia:* falsos.

chas, que sólo el toque[39] o el fuego podía descubrir su malicia.

–Desa manera –dijo el licenciado–, entre vuesa merced y la señora doña Estefanía, pata es la traviesa[40].

–Y tan pata –respondió el alférez–, que podemos volver a barajar; pero el daño está, señor licenciado, en que ella se podrá deshacer de mis cadenas, y yo no de la falsía[41] de su término[42]; y, en efeto, mal que me pese, es prenda mía.

–Dad gracias a Dios, señor Campuzano –dijo Peralta–, que fue prenda con pies y que se os ha ido, y que no estáis obligado a buscarla.

–Así es –respondió el alférez–; pero, con todo eso, sin que la busque, la hallo siempre en la imaginación y, adondequiera que estoy, tengo afrenta presente.

–No sé qué responderos –dijo Peralta–, si no es traeros a la memoria dos versos de Petrarca, que dicen:

Ché, qui prende dileto di far frode,
non si de lamentar si altri l'ingana[43].

Que responden en nuestro castellano: «Que el que tiene costumbre y gusto de engañar a otro no se debe quejar cuando es engañado».

–Yo no me quejo –respondió el alférez–, sino lastímome; que el culpado no por conocer su culpa deja de sentir la pena

39. *toque:* «el examen o prueba que hacen los plateros y lapidarios de los quilates del oro y calidad de los metales», *Auts.*
40. *pata es la traviesa:* «frase que se dice cuando alguno ha engañado a otro en alguna cosa, y él ha sido engañado en otra, que es lo mismo que decir que han quedado iguales», *Auts.*
41. *falsía:* falsedad.
42. *término:* «forma o modo de portarse», *Auts.*
43. Son los versos de Petrarca: «Ché, chi prende diletto di far frode, / non si de'lamentar s'altri l'inganna», *Trionfo d'amore,* I, vv. 119-120; *dicleto di far fiode* en 1613.

del castigo. Bien veo que quise engañar y fui engañado, porque me hirieron por mis propios filos; pero no puedo tener tan a raya el sentimiento que no me queje de mí mismo.

»Finalmente, por venir a lo que hace más al caso a mi historia[44] (que este nombre se le puede dar al cuento de mis sucesos), digo que supe que se había llevado a doña Estefanía el primo que dije que se halló a nuestros desposorios, el cual de luengos tiempos atrás era su amigo a todo ruedo[45]. No quise buscarla, por no hallar el mal que me faltaba. Mudé posada y mudé el pelo dentro de pocos días, porque comenzaron a pelárseme las cejas y las pestañas, y poco a poco me dejaron los cabellos, y antes de edad me hice calvo, dándome una enfermedad que llaman *lupicia,* y por otro nombre más claro, *la pelarela*[46]. Halléme verdaderamente hecho pelón, porque ni tenía barbas que peinar ni dineros que gastar. Fue la enfermedad caminando al paso de mi necesidad; y como la pobreza atropella a la honra y a unos lleva a la horca y a otros al hospital y a otros les hace entrar por las puertas de sus enemigos con ruegos y sumisiones, que es una de las mayores miserias que puede suceder a un desdichado, por no gastar en curarme los vestidos que me habían de cubrir y honrar en salud, llegado el tiempo en que se dan los sudores en el Hospital de la Resurrección, me entré en él, donde he tomado cuarenta sudores. Dicen que quedaré sano si me guardo. Espada tengo; lo demás, Dios lo remedie.

Ofreciósele de nuevo el licenciado, admirándose de las cosas que le había contado.

–Pues de poco se maravilla vuesa merced, señor Peralta –dijo el alférez–; que otros sucesos me quedan por decir

44. Por la verdad de lo contado.
45. *a todo ruedo:* en todo caso, dichoso o desgraciado.
46. Síntomas de la sífilis.

que exceden a toda imaginación, pues van fuera de todos los términos de naturaleza. No quiera vuesa merced saber más, sino que son de suerte que doy por bien empleadas todas mis desgracias por haber sido parte de haberme puesto en el hospital donde vi lo que ahora diré, que es lo que ahora ni nunca vuesa merced podrá creer, ni habrá persona en el mundo[47] que lo crea.

Todos estos preámbulos y encarecimientos que el alférez hacía antes de contar lo que había visto encendían el deseo de Peralta de manera que, con no menores encarecimientos, le pidió que luego luego le dijese las maravillas que le quedaban por decir.

–Ya vuesa merced habrá visto –dijo el alférez– dos perros que con dos lanternas[48] andan de noche con los hermanos de la Capacha[49], alumbrándoles cuando piden limosna.

–Sí he visto –respondió Peralta.

–También habrá visto o oído vuesa merced –dijo el alférez– lo que dellos se cuenta: que si acaso echan limosna de las ventanas y se cae en el suelo, ellos acuden luego a alumbrar y a buscar lo que se cae, y se paran delante de las ventanas donde saben que tienen costumbre de darles limosna. Y con ir allí con tanta mansedumbre que más parecen corderos que perros, en el hospital son unos leones, guardando la casa con grande cuidado y vigilancia.

–Yo he oído decir –dijo Peralta– que todo es así; pero eso no me puede ni debe causar maravilla.

47. *persona en el mundo persona* en 1613.
48. *lanternas:* linternas.
49. *Capacha:* «llama el vulgo a la sagrada religión de San Juan de Dios, tomado de que en sus principios pedían y recogían sus religiosos la limosna para los pobres en unas cestillas de palma que en Andalucía llaman capachas, que es donde tuvo principio esta orden», *Auts.*

–Pues lo que ahora diré dellos es razón que la cause, y que sin hacerse cruces, ni alegar imposibles ni dificultades, vuesa merced se acomode a creerlo. Y es que yo oí y casi vi con mis ojos a estos dos perros, que el uno se llama Cipión y el otro Berganza, estar una noche, que fue la penúltima que acabé de sudar, echados detrás de mi cama en unas esteras viejas; y a la mitad de aquella noche, estando a escuras y desvelado, pensando en mis pasados sucesos y presentes desgracias, oí hablar allí junto y estuve con atento oído escuchando, por ver si podía venir en conocimiento de los que hablaban y de lo que hablaban; y a poco rato vine a conocer, por lo que hablaban, los que hablaban, y eran los dos perros Cipión y Berganza.

Apenas acabó de decir esto Campuzano, cuando, levantándose el licenciado, dijo:

–Vuesa merced quede mucho en buen hora, señor Campuzano; que hasta aquí estaba en duda si creería o no lo que de su casamiento me había contado, y esto que ahora me cuenta de que oyó hablar los perros me ha hecho declarar por la parte de no creelle ninguna cosa. Por amor de Dios, señor alférez, que no cuente estos disparates a persona alguna, si ya no fuere a quien sea tan su amigo como yo.

–No me tenga vu[e]sa merced por tan ignorante –replicó Campuzano– que no entienda que, si no es por milagro, no pueden hablar los animales; que bien sé que, si los tordos, picazas y papagayos hablan, no son sino las palabras que aprenden y toman de memoria, y por tener la lengua estos animales cómoda[50] para poder pronunciarlas; mas no por esto pueden hablar y responder con discurso concertado, como estos perros hablaron. Y así, muchas veces, después que los oí, yo mismo no he querido dar crédi-

50. *cómoda:* apropiada.

to a mí mismo, y he querido tener por cosa soñada lo que realmente estando despierto, con todos mis cinco sentidos, tales cuales nuestro Señor fue servido de dármelos, oí, escuché, noté y, finalmente, escribí, sin faltar palabra por su concierto; de donde se puede tomar indicio bastante que mueva y persuada a creer esta verdad que digo. Las cosas de que trataron fueron grandes y diferentes, y más para ser tratadas por varones sabios que para ser dichas por bocas de perros; así que, pues yo no las pude inventar de mío, a mi pesar y contra mi opinión, vengo a creer que no soñaba y que los perros hablaban.

–¡Cuerpo de mí! –replicó el licenciado–. ¡Si se nos ha vuelto el tiempo de Maricastaña[51] cuando hablaban las calabazas, o el de Isopo[52] cuando departía[53] el gallo con la zorra y unos animales con otros!

–Uno dellos sería yo, y el mayor –repitió el alférez–, si creyese que ese tiempo ha vuelto, y aun también lo sería si dejase de creer lo que oí y lo que vi y lo que me atreveré a jurar con juramento que obligue, y aun fuerce, a que lo crea la misma incredulidad. Pero, puesto caso que me haya engañado, y que mi verdad sea sueño, y el porfiarla disparate, ¿no se holgará vuesa merced, señor Peralta, de ver escritas en un coloquio las cosas que estos perros, o sean quien fueren, hablaron?

–Como vuesa merced –replicó el licenciado– no se canse en persuadirme que oyó hablar a los perros, de muy buena gana oiré ese coloquio, que por ser escrito y notado del buen ingenio del señor alférez, ya le juzgo por bueno.

51. «Por una de tiempo muy antiguo, cuando hablaban los animales y las aves, y aun peñas y montes y árboles», Correas, *Vocabulario*.
52. Esopo, el fabulista griego.
53. *departía:* conversaba, disputaba.

–Pues hay en esto otra cosa –dijo el alférez–; que, como yo estaba tan atento y tenía delicado[54] el juicio, delicada, sotil y desocupada la memoria (merced a las muchas pasas y almendras que había comido), todo lo tomé de coro[55] y, casi por las mismas palabras que había oído, lo escribí otro día, sin buscar colores retóricas para adornarlo, ni qué añadir ni quitar para hacerle gustoso. No fue una noche sola la plática, que fueron dos consecutivamente, aunque yo no tengo escrita más de una, que es la vida de Berganza; y la del compañero Cipión pienso escribir (que fue la que se contó la noche segunda) cuando viere o que ésta se crea, o, a lo menos, no se desprecie. El coloquio traigo en el seno; púselo en forma de coloquio por ahorrar de *dijo Cipión, respondió Berganza,* que suele alargar la escritura.

Y en diciendo esto, sacó del pecho un cartapacio[56] y le puso en las manos del licenciado; el cual le tomó riyéndose y como haciendo burla de todo lo que había oído y de lo que pensaba leer.

–Yo me recuesto –dijo el alférez– en esta silla en tanto que vuesa merced lee, si quiere, esos sueños o disparates, que no tienen otra cosa de bueno si no es el poderlos dejar cuando enfaden.

–Haga vuesa merced su gusto –dijo Peralta–, que yo con brevedad me despediré desta letura.

Recostóse el alférez; abrió el licenciado el cartapacio, y en el principio vio que estaba puesto este título:

54. *delicado:* sutil, agudo.
55. *de coro:* de memoria.
56. *cartapacio:* «libro o cuaderno de papel blanco en que se anota lo que se observa, leyendo y discurriendo; y también se llama así el que sirve para escribir las materias que en las Universidades dictan los maestros», *Auts.*

Coloquio de los perros

NOVELA Y COLOQUIO QUE PASÓ ENTRE CIPIÓN Y BERGANZA, PERROS DEL HOSPITAL DE LA RESURRECCIÓN, QUE ESTÁ EN LA CIUDAD DE VALLADOLID, FUERA DE LA PUERTA DEL CAMPO, A QUIEN COMÚNMENTE LLAMAN LOS PERROS DE MAHÚDES

CIPIÓN.–Berganza amigo, dejemos esta noche el hospital en guarda de la confianza y retirémonos a esta soledad y entre estas esteras, donde podremos gozar sin ser sentidos desta no vista merced que el cielo en un mismo punto a los dos nos ha hecho.

BERGANZA.–Cipión hermano, óyote hablar y sé que te hablo y no puedo creerlo, por parecerme que el hablar nosotros pasa de los términos de naturaleza.

CIPIÓN.–Así es la verdad, Berganza, y viene a ser mayor este milagro en que no solamente hablamos, sino en que hablamos con discurso, como si fuéramos capaces de razón, estando tan sin ella que la diferencia que hay del animal bruto al hombre es ser el hombre animal racional, y el bruto, irracional.

BERGANZA.–Todo lo que dices, Cipión, entiendo, y el decirlo tú y entenderlo yo me causa nueva admiración y nueva maravilla. Bien es verdad que en el discurso de mi vida diversas y muchas veces he oído hablar grandes prerrogativas nuestras; tanto, que parece que algunos han querido sentir que tenemos un natural distinto[1] tan vivo y tan agudo en muchas cosas, que da indicios y señales de faltar poco para mostrar que tenemos un no sé qué de entendimiento capaz de discurso.

CIPIÓN.–Lo que yo he oído alabar y encarecer es nuestra mucha memoria, el agradecimiento y gran fidelidad nuestra, tanto, que nos suelen pintar por símbolo de la amistad; y así, habrás visto (si has mirado en ello) que en las sepulturas de alabastro, donde suelen estar las figuras de los que allí están enterrados, cuando son marido y mujer, ponen entre los dos, a los pies, una figura de perro, en señal que se guardaron en la vida amistad y fidelidad inviolable.

BERGANZA.–Bien sé que ha habido perros tan agradecidos que se han arrojado con los cuerpos difuntos de sus amos en la misma sepultura. Otros han estado sobre las sepulturas donde estaban enterrados sus señores, sin apartarse dellas, sin comer, hasta que se les acababa la vida. Sé también que, después del elefante, el perro tiene el primer lugar de parecer que tiene entendimiento; luego, el caballo, y el último, la jimia[2].

CIPIÓN.–Ansí es; pero bien confesarás que ni has visto ni oído decir jamás que haya hablado ningún elefante, pe-

1. *distinto:* instinto.
2. *jimia:* mona.

rro, caballo o mona; por donde me doy a entender que este nuestro hablar tan de improvisto cae debajo del número[3] de aquellas cosas que llaman portentos; las cuales, cuando se muestran y parecen, tiene averiguado la experiencia que alguna calamidad grande amenaza a las gentes.

BERGANZA.–Desa manera no haré yo mucho en tener por señal portentosa lo que oí decir los días pasados a un estudiante, pasando por Alcalá de Henares.

CIPIÓN.–¿Qué le oíste decir?

BERGANZA.–Que de cinco mil estudiantes que cursaban aquel año en la Universidad, los dos mil oían Medicina.

CIPIÓN.–Pues, ¿qué vienes a inferir deso?

BERGANZA.–Infiero o que estos dos mil médicos han de tener enfermos que curar, que sería harta plaga y mala ventura, o ellos se han de morir de hambre.

[CIPIÓN][4].–Pero sea lo que fuere, nosotros hablamos, sea portento o no; que lo que el cielo tiene ordenado que suceda, no hay diligencia ni sabiduría humana que lo pueda prevenir. Y así, no hay para qué ponernos a disputar nosotros cómo o por qué hablamos; mejor será que este buen día, o buena noche, la metamos en nuestra casa[5]; y pues la tenemos tan buena en estas esteras y no sabemos cuánto durará esta nuestra ventura, sepamos aprovecharnos della y hablemos toda esta noche sin dar lugar al sue-

3. *cae debajo del número:* parece; *caer debajo de una cosa:* «es ser del mismo género u de la misma calidad que otra», *Auts.*

4. Falta el nombre del interlocutor en 1613; lo suplió Rodríguez Marín. Schevill y Bonilla incluyen este parlamento en el de Berganza, atribuyen a Cipión el siguiente hasta «se me olvidaban» y a Berganza desde «Empero ahora» hasta «prestado tengo». Avalle-Arce, Sieber, F. Sevilla, A. Rey y García López adoptan también la solución de Rodríguez Marín.

5. «*El buen día meterle en casa,* no perder la ocasión de la buena suerte y tiempo oportuno», *Tesoro.*

ño que nos impida este gusto, de mí por largos tiempos deseado.

BERGANZA.–Y aun de mí, que, desde que tuve fuerzas para roer un hueso, tuve deseo de hablar para decir cosas que depositaba en la memoria, y allí, de antiguas y muchas, o se enmohecían o se me olvidaban. Empero ahora, que tan sin pensarlo me veo enriquecido deste divino don de la habla, pienso gozarle y aprovecharme dél lo más que pudiere, dándome priesa a decir todo aquello que se me acordare, aunque sea atropellada y confusamente, porque no sé cuándo me volverán a pedir este bien, que por prestado tengo.

CIPIÓN.–Sea ésta la manera, Berganza amigo: que esta noche me cuentes tu vida y los trances por donde has venido al punto en que ahora te hallas; y si mañana en la noche estuviéremos con habla, yo te contaré la mía, porque mejor será gastar el tiempo en contar las propias que en procurar saber las ajenas vidas.

BERGANZA.–Siempre, Cipión, te he tenido por discreto y por amigo, y ahora más que nunca, pues como amigo quieres decirme tus sucesos y saber los míos, y como discreto has repartido el tiempo donde podamos manifestallos. Pero advierte primero si nos oye alguno.

CIPIÓN.–Ninguno, a lo que creo, puesto que aquí cerca está un soldado tomando sudores; pero en esta sazón más estará para dormir que para ponerse a escuchar a nadie.

BERGANZA.–Pues si puedo hablar con ese seguro, escucha; y si te cansare lo que te fuere diciendo, o me reprehende o manda que calle.

CIPIÓN.–Habla hasta que amanezca, o hasta que seamos sentidos; que yo te escucharé de muy buena gana, sin impedirte sino cuando viere ser necesario.

Berganza.–Paréceme que la primera vez que vi el sol fue en Sevilla, y en su Matadero, que está fuera de la Puerta de la Carne; por donde imaginara (si no fuera por lo que después te diré) que mis padres debieron de ser alanos de aquellos que crían los ministros de aquella confusión, a quien llaman jiferos[6]. El primero que conocí por amo fue uno llamado Nicolás el Romo, mozo robusto, doblado[7] y colérico, como lo son todos aquellos que ejercitan la jifería. Este tal Nicolás me enseñaba a mí y a otros cachorros a que, en compañía de alanos viejos, arremetiésemos a los toros y les hiciésemos presa de las orejas. Con mucha facilidad salí un águila en esto.

Cipión.–No me maravillo, Berganza; que como el hacer mal viene de natural cosecha, fácilmente se aprende el hacerle.

Berganza.–¿Qué te[8] diría, Cipión hermano, de lo que vi en aquel Matadero y de las cosas exorbitantes que en él pasan? Primero, has de presuponer que todos cuantos en él trabajan, desde el menor hasta el mayor, es gente ancha de conciencia, desalmada, sin temer al rey ni a su justicia; los más, amancebados, son aves de rapiña carniceras: mantiénense ellos y sus amigas de lo que hurtan. Todas las mañanas que son días de carne, antes que amanezca están en el Matadero gran cantidad de mujercillas y muchachos, todos con talegas que, viniendo vacías, vuelven llenas de pedazos de carne; y las criadas, con criadillas y lomos medio enteros. No hay res alguna que se mate de quien no lleve esta gente diezmos y primicias de lo más sabroso y bien

6. *jifero:* metonimia de matarife o carnicero, por ser jifero el cuchillo del carnicero.
7. *doblado:* «la persona recia y fuerte de miembros, y de mediana estatura, por lo cual sobresale más lo recio», *Auts.*
8. *Qué se* en 1613, lectura también plausible.

parado. Y como en Sevilla no hay obligado[9] de la carne, cada uno puede traer la que quisiere; y la que primero se mata o es la mejor o la de más baja postura[10], y con este concierto hay siempre mucha abundancia. Los dueños se encomiendan a esta buena gente que he dicho, no para que no les hurten (que esto es imposible), sino para que se moderen en las tajadas y socaliñas[11] que hacen en las reses muertas, que las escamondan[12] y podan como si fuesen sauces o parras. Pero ninguna cosa me admiraba más ni me parecía peor que el ver que estos jiferos con la misma facilidad matan a un hombre que a una vaca; por quítame allá esa paja[13], a dos por tres, meten un cuchillo de cachas amarillas[14] por la barriga de una persona, como si acocotasen[15] un toro. Por maravilla se pasa día sin pendencias y sin heridas, y a veces sin muertes; todos se pican[16] de valientes, y aun tienen sus puntas de rufianes; no hay ninguno que no tenga su ángel de guarda en la plaza de

9. *obligado:* «usado como sustantivo significa la persona a cuya cuenta corre el abastecer a un pueblo o ciudad de algún género, como nieve, carbón, carne, etc., que porque hace escritura por tanto tiempo, obligándose a cumplir el abasto, se llamó así», *Auts.*
10. *postura:* «el precio que el comprador pone a alguna cosa, que se vende o arrienda, particularmente en almoneda o por justicia», *Auts.*
11. *socaliña: sacaliña,* «metafóricamente se toma por medio aparente y ponderativo con que con pretexto de necesidad o adeala se saca a alguno lo que no está obligado a dar», *Auts.*
12. *escamondar:* «limpiar los árboles, quitar las ramas inútiles y las hojas secas», *Auts.*, se apoya en esta cita, que utiliza el término, claro está, en sentido figurado.
13. *por quítame allá esas pajas:* «frase con que se da a entender que alguno se irrita con facilidad y poca razón o corto motivo», *Auts.* Valor semejante tiene la siguiente expresión.
14. Usado por los matarifes. Las *cachas* forman el mango del cuchillo.
15. *acocotasen:* acogotasen; también aparece así en *La gitanilla.*
16. *se pican:* se precian.

San Francisco[17], granjeado con lomos y lenguas de vaca. Finalmente, oí decir a un hombre discreto que tres cosas tenía el rey por ganar en Sevilla: la calle de la Caza, la Costanilla y el Matadero.

CIPIÓN.–Si en contar las condiciones de los amos que has tenido y las faltas de sus oficios te has de estar, amigo Berganza, tanto como esta vez, menester será pedir al cielo nos conceda la habla siquiera por un año, y aun temo que, al paso que llevas, no llegarás a la mitad de tu historia. Y quiérote advertir de una cosa, de la cual verás la experiencia cuando te cuente los sucesos de mi vida; y es que los cuentos unos encierran y tienen la gracia en ellos mismos; otros, en el modo de contarlos; quiero decir que algunos hay que, aunque se cuenten sin preámbulos y ornamentos de palabras, dan contento; otros hay que es menester vestirlos de palabras, y con demostraciones[18] del rostro y de las manos y con mudar la voz se hacen algo de nonada, y de flojos y desmayados se vuelven agudos y gustosos. Y no se te olvide este advertimiento, para aprovecharte dél en lo que te queda por decir.

BERGANZA.–Yo lo haré así, si pudiere y si me da lugar la grande tentación que tengo de hablar; aunque me parece que con grandísima dificultad me podré ir a la mano[19].

CIPIÓN.–Vete a la lengua, que en ella consisten los mayores daños de la humana vida.

BERGANZA.–Digo, pues, que mi amo me enseñó a llevar una espuerta en la boca y a defenderla a quien quitármela quisiese. Enseñóme también la casa de su amiga, y con esto se excusó la venida de su criada al Matadero, porque

17. Allí estaba la Audiencia, y los miembros de la justicia eran, por tanto, los ángeles de la guarda comprados.
18. *demostración:* «muestra, señal de agrado u de indignación según el semblante con que se ejecuta», *Auts.*
19. *ir a la mano:* contenerme.

yo le llevaba las madrugadas lo que él había hurtado las noches. Y un día que, entre dos luces, iba yo diligente a llevarle la porción, oí que me llamaban por mi nombre desde una ventana. Alcé los ojos y vi una moza hermosa en extremo; detúveme un poco, y ella bajó a la puerta de la calle y me tornó a llamar. Lleguéme a ella, como si fuera a ver lo que me quería, que no fue otra cosa que quitarme lo que llevaba en la cesta y ponerme en su lugar un chapín viejo. Entonces dije entre mí: «La carne se ha ido a la carne». Díjome la moza, en habiéndome quitado la carne: «Andad, [G]avilán, o como os llamáis, y decid a Nicolás el Romo, vuestro amo, que no se fíe de animales y que del lobo, un pelo[20], y ése, de la espuerta». Bien pudiera yo volver a quitar lo que me quitó; pero no quise, por no poner mi boca jifera y sucia en aquellas manos limpias y blancas.

CIPIÓN.–Hiciste muy bien, por ser prerrogativa de la hermosura que siempre se la tenga respecto.

BERGANZA.–Así lo hice yo; y así me volví a mi amo sin la porción y con el chapín. Parecióle que volví presto, vio el chapín, imaginó la burla, sacó uno de cachas y tiróme una puñalada que, a no desviarme, nunca tú oyeras ahora este cuento, ni aun otros muchos que pienso contarte. Puse pies en polvorosa y, tomando el camino en las manos y en los pies, por detrás de San Bernardo, me fui por aquellos campos de Dios adonde la fortuna quisiese llevarme.

»Aquella noche dormí al cielo abierto, y otro día me deparó la suerte un hato o rebaño de ovejas y carneros. Así como le vi, creí que había hallado en él el centro de mi reposo, pareciéndome ser propio y natural oficio de los pe-

20. *del lobo un pelo, y ése de la frente:* «refrán que enseña que del sujeto de quien no se puede esperar beneficio u dádiva, por su genio escaso, se ha de tomar lo que primero diere, aunque sea de poco precio y valor», *Auts.*

rros guardar ganado, que es obra donde se encierra una virtud grande, como es amparar y defender de los poderosos y soberbios los humildes y los que poco pueden. Apenas me hubo visto uno de los tres pastores que el ganado guardan, cuando diciendo: "¡To, to!" me llamó; y yo, que otra cosa no deseaba, me llegué a él bajando la cabeza y meneando la cola. Trújome la mano por el lomo, abrióme la boca, escupióme en ella, miróme las presas[21], conoció mi edad y dijo a otros pastores que yo tenía todas las señales de ser perro de casta. Llegó a este instante el señor del ganado sobre una yegua rucia a la jineta[22] con lanza y adarga, que más me parecía atajador de la costa[23] que señor de ganado. Preguntó al pastor: "¿Qué perro es éste, que tiene señales de ser bueno?" "Bien lo puede vuesa merced creer –respondió el pastor–, que yo le he cotejado bien y no hay señal en él que no muestre y prometa que ha de ser un gran perro. Agora se llegó aquí, y no sé cúyo sea, porque sé que no es de los rebaños de la redonda"[24]. "Pues así es –respondió el señor–, ponle luego el collar de *Leoncillo,* el perro que se murió, y denle la ración que a los demás, y acaríciale, porque tome cariño al hato y se quede en él." En diciendo esto, se fue, y el pastor me puso luego al cuello unas carlancas[25] llenas de puntas de acero, habiéndome dado primero en un dornajo[26] gran cantidad de so-

21. *presas:* colmillos.
22. *a la jineta:* «cierto modo de andar a caballo recogidas las piernas en los estribos, al modo de los africanos», *Auts.*
23. *atajador:* «el que tiene por oficio y ejercicio en tiempo de guerra el correr la tierra, así a pie como a caballo, para reconocer si han entrado en ella los enemigos», *Auts.*
24. *la redonda:* los alrededores.
25. *carlancas:* collares armados de puntas.
26. *dornajo:* «artesa pequeña y redonda en que dan de comer a los bueyes y lechones», *Auts.*

pas en leche. Y asimismo me puso nombre y me llamó Barcino[27].

»Vime harto y contento con el segundo amo y con el nuevo oficio. Mostréme solícito y diligente en la guarda del rebaño, sin apartarme dél sino las siestas, que me iba a pasarlas, o ya a la sombra de algún árbol, o de algún ribazo o peña, o a la de alguna mata, a la margen de algún arroyo de los muchos que por allí corrían. Y estas horas de mi sosiego no las pasaba ociosas, porque en ellas ocupaba la memoria en acordarme de muchas cosas, especialmente en la vida que había tenido en el Matadero y en la que tenía mi amo y todos los como él, que están sujetos a cumplir los gustos impertinentes de sus amigas. ¡Oh, qué cosas te pudiera decir ahora de las que aprendí en la escuela de aquella jifera dama de mi amo! Pero habrélas de callar por que no me tengas por largo y por murmurador.

CIPIÓN.–Por haber oído decir que dijo un gran poeta de los antiguos que era difícil cosa el no escribir sátiras[28], consentiré que murmures un poco de luz y no de sangre[29]; quiero decir que señales y no hieras ni des mate a ninguno en cosa señalada; que no es buena la murmuración, aunque haga reír a muchos, si mata a uno; y si puedes agradar sin ella, te tendré por muy discreto.

BERGANZA.–Yo tomaré tu consejo y esperaré con gran deseo que llegue el tiempo en que me cuentes tus sucesos; que de quien tan bien sabe conocer y enmendar los defetos que tengo en contar los míos, bien se puede esperar

27. Este nombre debe guardar relación con su color. *Barcino:* «color mezclado de blanco, pardo y algunas veces rojo, como el que suelen tener los perros, toros y vacas», *Auts.*
28. Juvenal: *Difficile est satyram non scribere* (sátira I, 30).
29. Había *disciplinantes de luz,* que llevaban cirios en las procesiones, y *disciplinantes de carne o sangre,* que se azotaban.

que contará los suyos de manera que enseñen y deleiten a un mismo punto.

»Pero, anudando el roto hilo de mi cuento, digo que en aquel silencio y soledad de mis siestas, entre otras cosas, consideraba que no debía de ser verdad lo que había oído contar de la vida de los pastores; a lo menos, de aquellos que la dama de mi amo leía en unos libros cuando yo iba a su casa, que todos trataban de pastores y pastoras, diciendo que se les pasaba toda la vida cantando y tañendo con gaitas, zampoñas, rabeles y chirumbelas[30], y con otros instrumentos extraordinarios. Deteníame a oírla leer, y leía cómo el pastor de Anfriso cantaba extremada y divinamente, alabando a la sin par Belisarda[31], sin haber en todos los montes de Arcadia árbol en cuyo tronco no se hubiese sentado a cantar desde que salía el sol en los brazos de la Aurora hasta que se ponía en los de Tetis[32]; y aun después de haber tendido la negra noche por la faz de la tierra sus negras y escuras alas, él no cesaba de sus bien cantadas y mejor lloradas quejas. No se le quedaba entre renglones el pastor Elicio[33], más enamorado que atrevido, de quien decía que, sin atender a sus amores ni a su ganado, se entraba en los cuidados ajenos. Decía también que el gran pastor de Fílida[34], único pintor de un retrato, había sido más confiado que dichoso. De los desmayos de Sireno y arrepentimiento de Diana decía que daba gracias a Dios y a la sabia Felicia[35], que con su

30. *chirumbela: churumbela*, «instrumento de viento a modo de chirimía», *Auts.;* todos son instrumentos musicales que tañen los pastores literarios.

31. Personajes de *La Arcadia* (1599) de Lope de Vega.

32. Fórmulas tópicas del amanecer y del crepúsculo (Tetis es la diosa del mar); también está fosilizada la fórmula que aplica a la noche.

33. Personaje de *La Galatea* (1585) del propio Cervantes.

34. *El pastor de Fílida* (1582) de Luis Gálvez de Montalvo.

35. Personajes de *La Diana* (1559) de Jorge de Montemayor.

agua encantada deshizo aquella máquina de enredos y aclaró aquel laberinto de dificultades. Acordábame de otros muchos libros que deste jaez la había oído leer, pero no eran dignos de traerlos a la memoria.

CIPIÓN.–Aprovechándote vas, Berganza, de mi aviso; murmura, pica y pasa, y sea tu intención limpia, aunque la lengua no lo parezca.

BERGANZA.–En estas materias nunca tropieza la lengua si no cae primero la intención. Pero si acaso por descuido o por malicia murmurare, responderé a quien me reprehendiere lo que respondió Mauleón, poeta tonto y académico de burla de la Academia de los Imitadores[36], a uno que le preguntó que qué quería decir *Deum de Deo*, y respondió que *dé donde diere*[37].

CIPIÓN.–Ésa fue una respuesta de un simple; pero tú, si eres discreto o lo quieres ser, nunca has de decir cosa de que debas dar disculpa. Di adelante.

BERGANZA.–Digo que todos los pensamientos que he dicho, y muchos más, me causaron ver los diferentes tratos y ejercicios que mis pastores y todos los demás de aquella marina[38] tenían de aquellos que había oído leer que tenían los pastores de los libros. Porque si los míos cantaban, no eran canciones acordadas[39] y bien compuestas, sino un «*Cata el lobo dó va, Juanica*»[40] y otras cosas semejantes; y esto no al son de chirumbelas, rabeles o gaitas, sino al que

36. La Academia Imitatoria fue histórica.
37. En la segunda parte del *Quijote*, Cervantes repetirá la anécdota –folklórica– del supuesto poeta Mauleón, «el cual respondía de repente a cuanto le preguntaban», II, 72.
38. *marina:* «parte de tierra inmediata al mar», *Auts.*
39. *acordadas:* armoniosas.
40. «¡Cata el lobo dó va, / Juanica, Juanilla!, / ¡cata el lobo dó va!». Véase M. Frenk, *Corpus de la antigua lírica popular hispánica*, Madrid, Castalia, 1987, núm. 1136, p. 545.

hacía el dar un cayado con otro o al de algunas tejuelas puestas entre los dedos; y no con voces delicadas, sonoras y admirables, sino con voces roncas, que, solas o juntas, parecía, no que cantaban, sino que gritaban o gruñían. Lo más del día se les pasaba espulgándose o remendando sus abarcas. Ni entre ellos se nombraban Amarilis, Fílidas, Galateas y Dianas, ni había Lisardos Lausos, Jacintos ni Riselos; todos eran Antones, Domingos, Pablos o Llorentes[41]. Por donde vine a entender lo que pienso que deben de creer todos: que todos aquellos libros son cosas soñadas y bien escritas para entretenimiento de los ociosos, y no verdad alguna; que a serlo, entre mis pastores hubiera a[l]guna reliquia de aquella felicísima vida y de aquellos amenos prados, espaciosas selvas, sagrados montes, hermosos jardines, arroyos claros y cristalinas fuentes, y de aquellos tan honestos cuanto bien declarados requiebros, y de aquel desmayarse aquí el pastor, allí la pastora, acullá resonar la zampoña del uno, acá el caramillo[42] del otro.

CIPIÓN.–Basta, Berganza; vuelve a tu senda y camina.

BERGANZA.–Agradézcotelo, Cipión amigo; porque si no me avisaras, de manera se me iba calentando la boca que no parara hasta pintarte un libro entero destos que me tenían engañado; pero tiempo vendrá en que lo diga todo con mejores razones y con mejor discurso que ahora.

CIPIÓN.–Mírate a los pies y desharás la rueda[43], Berganza; quiero decir que mires que eres un animal que carece de razón, y si ahora muestras tener alguna, ya hemos averiguado entre los dos ser cosa sobrenatural y jamás vista.

41. Adviértase el significado de los nombres propios: indican el género literario.

42. *caramillo:* tipo de flauta.

43. *deshacer la rueda:* «conocerse y humillarse», Correas, *Vocabulario.*

BERGANZA.–Eso fuera ansí si yo estuviera en mi primera ignorancia; mas ahora que me ha venido a la memoria lo que te había de haber dicho al principio de nuestra plática, no sólo no me maravillo de lo que hablo, pero espántome de lo que dejo de hablar.

CIPIÓN.–Pues ¿ahora no puedes decir lo que ahora se te acuerda?

BERGANZA.–Es una cierta historia que me pasó con una grande hechicera, discípula de la Camacha de Montilla[44].

CIPIÓN.–Digo que me la cuentes antes que pases más adelante en el cuento de tu vida.

BERGANZA.–Eso no haré yo, cierto, hasta su tiempo; ten paciencia y escucha por su orden mis sucesos, que así te darán más gusto, si ya no te fatiga querer saber los medios antes de los principios.

CIPIÓN.–Sé breve, y cuenta lo que quisieres y como quisieres.

BERGANZA.–Digo, pues, que yo me hallaba bien con el oficio de guardar ganado, por parecerme que comía el pan de mi sudor y trabajo, y que la ociosidad, raíz y madre de todos los vicios, no tenía que ver conmigo, a causa que, si los días holgaba, las noches no dormía, dándonos asaltos a menudo y tocándonos a arma los lobos. Y apenas me habían dicho los pastores: «¡Al lobo, Barcino!», cuando acudía, primero que los otros perros, a la parte que me señalaban que estaba el lobo; corría los valles, escudriñaba los montes, desentrañaba las selvas, saltaba barrancos, cruzaba caminos, y a la mañana volvía al hato, sin haber hallado lobo ni rastro dél, anhelando[45], cansado, hecho pedazos y los pies abiertos de los

44. Linaje de brujas cordobesas históricas.
45. *anhelando:* sin aliento, respirando con dificultad.

garranchos[46]; y hallaba en el hato o ya una oveja muerta o un carnero degollado y medio comido del lobo. Desesperábame de ver cuán poco servía mi mucho cuidado y diligencia. Venía el señor del ganado; salían los pastores a recebirle con las pieles de la res muerta; culpaba a los pastores por negligentes y mandaba castigar a los perros por perezosos; llovían sobre nosotros palos, y sobre ellos reprehensiones. Y así, viéndome un día castigado sin culpa y que mi cuidado, ligereza y braveza no eran de provecho para coger el lobo, determiné de mudar estilo, no desviándome a buscarle, como tenía de costumbre, lejos del rebaño, sino estarme junto a él; que pues el lobo allí venía, allí sería más cierta la presa.

»Cada semana nos tocaban a rebato, y en una escurísima noche tuve yo vista para ver los lobos, de quien era imposible que el ganado se guardase. Agachéme detrás de una mata, pasaron los perros, mis compañeros, adelante, y desde allí oteé y vi que dos pastores asieron de un carnero de los mejores del aprisco y le mataron, de manera que verdaderamente pareció a la mañana que había sido su verdugo el lobo. Pasméme, quedé suspenso cuando vi que los pastores eran los lobos y que despedazaban el ganado los mismos que le habían de guardar. Al punto hacían saber a su amo la presa del lobo, dábanle el pellejo y parte de la carne, y comíanse ellos lo más y lo mejor. Volvía a reñirles el señor, y volvía también el castigo de los perros. No había lobos; menguaba el rebaño. Quisiera yo descubrillo; hallábame mudo. Todo lo cual me traía lleno de admiración y de congoja. "¡Válame Dios! –decía entre mí–. ¿Quién podrá remediar esta maldad? ¿Quién será poderoso a dar a entender que la defensa ofende, que las centinelas duermen, que la confianza roba y el que os guarda os mata?"

46. *garranchos:* ramos rotos de árboles.

CIPIÓN.–Y decías muy bien, Berganza; porque no hay mayor ni más sotil ladrón que el doméstico, y ansí, mueren muchos más de los confiados que de los recatados; pero el daño está en que es imposible que puedan pasar bien las gentes en el mundo si no se fía y se confía. Mas quédese aquí esto, que no quiero que parezcamos predicadores. Pasa adelante.

BERGANZA.–Paso adelante, y digo que determiné dejar aquel oficio, aunque parecía tan bueno, y escoger otro donde por hacerle bien, ya que no fuese remunerado, no fuese castigado. Volvíme a Sevilla y entré a servir a un mercader muy rico.

CIPIÓN.–¿Qué modo tenías para entrar con amo? Porque, según lo que se usa, con gran dificultad el día de hoy halla un hombre de bien señor a quien servir. Muy diferentes son los señores de la tierra del Señor del cielo: aquéllos, para recebir un criado, primero le espulgan el linaje, examinan la habilidad, le marcan la apostura[47], y aun quieren saber los vestidos que tiene; pero para entrar a servir a Dios, el más pobre es más rico; el más humilde, de mejor linaje; y con sólo que se disponga con limpieza de corazón a querer servirle, luego le manda poner en el libro de sus gajes[48], señalándoselos tan aventajados, que, de muchos y de grandes, apenas pueden caber en su deseo.

BERGANZA.–Todo eso es predicar, Cipión amigo.

CIPIÓN.–Así me lo parece a mí, y así callo.

BERGANZA.–A lo que me preguntaste del orden que tenía para entrar con amo, digo que ya tú sabes que la humildad es la basa y fundamento de todas virtudes, y que sin ella no hay alguna que lo sea. Ella allana inconvenien-

47. *apostura:* «buen parecer, disposición, modo y compostura de alguna persona, su presencia, talle y honestidad», *Auts.*
48. *gajes:* salarios.

tes, vence dificultades y es un medio que siempre a gloriosos fines nos conduce; de los enemigos hace amigos, templa la cólera de los airados y menoscaba la arrogancia de los soberbios; es madre de la modestia y hermana de la templanza; en fin, con ella no pueden atravesar triunfo[49] que les sea de provecho los vicios, porque en su blandura y mansedumbre se embotan y despuntan las flechas de los pecados. Désta, pues, me aprovechaba yo cuando quería entrar a servir en alguna casa, habiendo primero considerado y mirado muy bien ser casa que pudiese mantener y donde pudiese entrar un perro grande. Luego arrimábame a la puerta y, cuando, a mi parecer, entraba algún forastero, le ladraba; y cuando venía el señor, bajaba la cabeza y, moviendo la cola, me iba a él y con la lengua le limpiaba los zapatos. Si me echaba a palos, sufríalos y con la misma mansedumbre volvía a hacer halagos al que me apaleaba, que ninguno segundaba viendo mi porfía y mi noble término. Desta manera, a dos porfías me quedaba en casa. Servía bien, queríanme luego bien, y nadie me despidió, si no era que yo me despidiese o, por mejor decir, me fuese; y tal vez hallé amo que éste fuera el día que yo estuviera en su casa, si la contraria suerte no me hubiera perseguido.

CIPIÓN.–De la misma manera que has contado entraba yo con los amos que tuve, y parece que nos leímos los pensamientos.

BERGANZA.–Como en esas cosas nos hemos encontrado, si no me engaño, y yo te las diré a su tiempo, como ten-

49. *atravesar:* «en el juego del hombre es meter triunfo a la carta que viene jugada, para que el que se sigue no la pueda tomar o lo haya de hacer con triunfo superior», *Auts. Triunfo:* «en el juego de naipes se llama la carta del palo que ha salido o se ha elegido para jugar dél, la cual es privilegiada y vence a cualquiera de los otros palos», *Auts.*

go prometido. Y ahora escucha lo que me sucedió después que dejé el ganado en poder de aquellos perdidos.

»Volvíme a Sevilla, como dije, que es amparo de pobres y refugio de desechados; que en su grandeza no sólo caben los pequeños, pero no se echan de ver los grandes. Arriméme a la puerta de una gran casa de un mercader, hice mis acostumbradas diligencias y a pocos lances me quedé en ella. Recibiéronme para tenerme atado detrás de la puerta de día y suelto de noche; servía con gran cuidado y diligencia; ladraba a los forasteros y gruñía a los que no eran muy conocidos; no dormía de noche, visitando los corrales, subiendo a los terrados, hecho universal centinela de la mía y de las casas[50] ajenas. Agradóse tanto mi amo de mi buen servicio, que mandó que me tratasen bien y me diesen ración de pan y los huesos que se levantasen o arrojasen de su mesa, con las sobras de la cocina; a lo que yo me mostraba agradecido, dando infinitos saltos cuando veía a mi amo, especialmente cuando venía de fuera; que eran tantas las muestras de regocijo que daba y tantos los saltos, que mi amo ordenó que me desatasen y me dejasen andar suelto de día y de noche. Como me vi suelto, corrí a él, rodéele todo, sin osar llegarle con las manos, acordándome de la fábula de Isopo[51], cuando aquel asno tan asno que quiso hacer a su señor las mismas caricias que le hacía una perrilla regalada suya, que le granjearon ser molido a palos. Parecióme que en esta fábula se nos dio a entender que las gracias y donaires de algunos no están bien en otros. Apode el truhán, juegue de manos y voltee[52] el histrión, rebuzne el pícaro, imite el canto de los pájaros y los diversos gestos y acciones de los animales y los hom-

50. *casas: cosas* en 1613.
51. Relato, muy popular, de la *Gesta romanorum.*
52. *voltear:* dar vueltas en el aire.

bres el hombre bajo que se hubiere dado a ello, y no lo quiera hacer el hombre principal, a quien ninguna habilidad destas le puede dar crédito ni nombre honroso.

CIPIÓN.–Basta; adelante, Berganza, que estás entendido.

BERGANZA.–¡Ojalá que como tú me entiendes me entendiesen aquellos por quien lo digo! Que no sé qué tengo de buen natural, que me pesa infinito cuando veo que un caballero se hace chocarrero y se precia que sabe jugar los cubiletes[53] y las agallas y que no hay quien como él sepa bailar la chacona[54]. Un caballero conozco yo que se alababa que, a ruegos de un sacristán, había cortado de papel treinta y dos florones para poner en un monumento sobre paños negros, y destas cortaduras hizo tanto caudal[55], que así llevaba a sus amigos a verlas como si los llevara a ver las banderas y despojos de enemigos que sobre la sepultura de sus padres y abuelos estaban puestas.

»Este mercader, pues, tenía dos hijos, el uno de doce y el otro de hasta catorce años, los cuales estudiaban gramática en el estudio de la Compañía de Jesús; iban con autoridad, con ayo y con pajes, que les llevaban los libros y aquel

53. El juego de los cubiletes puede ser el de «masecoral o de pasapasa y de masegicomar», juego de prestidigitación que describe Covarrubias: «Todos estos nombres tiene el embaidor que nos hace, como dicen, del cielo cebolla, por la liberalidad que tiene en trocar las cosas, y así el juego se dice también juego de manos. Y entre otros traen el de los *cubiletes*, adonde meten ciertas pelotillas que a nuestro parecer quedan dentro, y, al asentar el cubilete, las saca y las pone en otro que nos muestra ponerle dél vacío, y con un palillo da ciertos golpes y dice ciertas palabras repitiendo el pasa pasa, de donde tomó nombre el juego y alzando muy despacio el cubilete, no se halla nada en él. Da otros golpecitos al otro cubilete y halla las pelotillas todas en él».

54. El Asturiano canta para que lo bailen criadas y mozos de mulas en *La ilustre fregona*.

55. *hacer caudal de una cosa:* «tenerla en aprecio y estimación haciendo mucho caso de ella», *Auts.*

que llaman *vademécum*[56]. El verlos ir con tanto aparato –en sillas[57] si hacía sol, en coche si llovía– me hizo considerar y reparar en la mucha llaneza con que su padre iba a la Lonja a negociar sus negocios, porque no llevaba otro criado que un negro y algunas veces se desmandaba a ir en un machuelo aun no bien aderezado.

CIPIÓN.–Has de saber, Berganza, que es costumbre y condición de los mercaderes de Sevilla, y aun de las otras ciudades, mostrar su autoridad y riqueza, no en sus personas, sino en las de sus hijos; porque los mercaderes son mayores en su sombra que en sí mismos. Y como ellos por maravilla atienden a otra cosa que a sus tratos y contratos, trátanse modestamente. Y como la ambición y la riqueza muere por manifestarse, revienta por sus hijos; y así los tratan y autorizan como si fuesen hijos de algún príncipe; y algunos hay que les procuran títulos y ponerles en el pecho la marca[58] que tanto distingue la gente principal de la plebeya.

BERGANZA.–Ambición es, pero ambición generosa, la de aquel que pretende mejorar su estado sin perjuicio de tercero.

CIPIÓN.–Pocas o ninguna vez se cumple con la ambición que no sea con daño de tercero.

BERGANZA.–Ya hemos dicho que no hemos de murmurar.

CIPIÓN.–Sí, que yo no murmuro de nadie.

BERGANZA.–Ahora acabo de confirmar por verdad lo que muchas veces he oído decir. Acaba un maldiciente murmurador de echar a perder diez linajes y de caluniar

56. *vademécum:* cartapacio en el que llevaban los papeles y libros a la escuela.
57. sillas de manos.
58. *marca:* la cruz de alguna orden nobiliaria.

veinte buenos, y si alguno le reprehende por lo que ha dicho, responde que él no ha dicho nada y que, si ha dicho algo, no lo ha dicho por tanto y que, si pensara que alguno se había de agraviar, no lo dijera. A la fe, Cipión, mucho ha de saber y muy sobre los estribos[59] ha de andar el que quisiere sustentar dos horas de conversación sin tocar los límites de la murmuración; porque yo veo en mí que, con ser un animal como soy, a cuatro razones que digo me acuden palabras a la lengua como mosquitos al vino, y todas maliciosas y murmurantes; por lo cual vuelvo a decir lo que otra vez he dicho: que el hacer y decir mal lo heredamos de nuestros primeros padres y lo mamamos en la leche. Vese claro en que, apenas ha sacado el niño el brazo de las fajas, cuando levanta la mano con muestras de querer vengarse de quien, a su parecer, le ofende; y casi la primera palabra articulada que habla es llamar puta a su ama o a su madre.

CIPIÓN.–Así es verdad, y yo confieso mi yerro y quiero que me le perdones, pues te he perdonado tantos. Echemos pelillos a la mar[60], como dicen los muchachos, y no murmuremos de aquí adelante. Y sigue tu cuento, que le dejaste en la autoridad con que los hijos del mercader, tu amo, iban al estudio de la Compañía de Jesús.

BERGANZA.–A Él me encomiendo en todo acontecimiento. Y aunque el dejar de murmurar lo tengo por dificultoso, pienso usar de un remedio que oí decir que usaba un gran jurador; el cual, arrepentido de su mala costumbre, cada vez que después de un arrepentimiento juraba, se daba un pellizco en el brazo, o besaba la tierra, en pena

59. *andar sobre los estribos:* «estar uno muy sobre sí en lo que dice o hace, andar y obrar con vigilancia, cuidado y prevención», *Auts.*
60. Olvidemos las rencillas.

de su culpa; pero, con todo esto, juraba. Así yo, cada vez que fuere contra el precepto que me has dado de que no murmure, y contra la intención que tengo de no murmurar, me morderé el pico de la lengua de modo que me duela y me acuerde de mi culpa para no volver a ella.

CIPIÓN.–Tal es ese remedio que, si usas dél, espero que te has de morder tantas veces que has de quedar sin lengua, y así quedarás imposibilitado de murmurar.

BERGANZA.–A lo menos, yo haré de mi parte mis diligencias, y supla las faltas el cielo. Y así, digo que los hijos de mi amo se dejaron un día un cartapacio en el patio, donde yo a la sazón estaba; y como estaba enseñado a llevar la esportilla del jifero, mi amo, así del vademécum y fuime tras ellos, con intención de no soltarle hasta el estudio. Sucedióme todo como lo deseaba; que mis amos, que me vieron venir con el vademécum en la boca, asido sotilmente de las cintas, mandaron a un paje me le quitase; mas yo no lo consentí ni le solté hasta que entré en el aula con él, cosa que causó risa a todos los estudiantes. Lleguéme al mayor de mis amos y, a mi parecer, con mucha crianza se le puse en las manos, y quedéme sentado en cuclillas a la puerta del aula, mirando de hito en hito al maestro que en la cátedra leía. No sé qué tiene la virtud, que, con alcanzárseme a mí tan poco, o nada della, luego recibí gusto de ver el amor, el término, la solicitud y la industria con que aquellos benditos padres y maestros enseñaban a aquellos niños, enderezando las tiernas varas de su juventud, porque no torciesen ni tomasen mal siniestro[61] en el camino de la virtud, que juntamente con las letras les mostraban. Consideraba cómo los reñían con suavidad, los castigaban con misericordia, los animaban con ejemplos, los incita-

61. *siniestro:* mala costumbre, vicio.

ban con premios y los sobrellevaban con cordura, y, finalmente, cómo les pintaban la fealdad y horror de los vicios y les dibujaban la hermosura de las virtudes, para que, aborrecidos ellos y amadas ellas, consiguiesen el fin para que fueron criados.

CIPIÓN.–Muy bien dices, Berganza; porque yo he oído decir desa bendita gente que para repúblicos[62] del mundo no los hay tan prudentes en todo él, y para guiadores y adalides del camino del cielo, pocos les llegan. Son espejos donde se mira la honestidad, la católica dotrina, la singular prudencia, y, finalmente, la humildad profunda, basa sobre quien se levanta todo el edificio de la bienaventuranza.

BERGANZA.–Todo es así como lo dices. Y, siguiendo mi historia, digo que mis amos gustaron de que les llevase siempre el vademécum, lo que hice de muy buena voluntad; con lo cual tenía una vida de rey, y aun mejor, porque era descansada, a causa que los estudiantes dieron en burlarse conmigo; y domestiquéme con ellos de tal manera que me metían la mano en la boca, y los más chiquillos subían sobre mí. Arrojaban los bonetes o sombreros, y yo se los volvía a la mano limpiamente y con muestras de grande regocijo. Dieron en darme de comer cuanto ellos podían, y gustaban de ver que, cuando me daban nueces o avellanas, las partía como mona, dejando las cáscaras y comiendo lo tierno. Tal hubo que, por hacer prueba de mi habilidad, me trujo en un pañuelo gran cantidad de ensalada, la cual comí como si fuera persona. Era tiempo de invierno, cuando campean en Sevilla los molletes[63] y mante-

62. *repúblico:* «el hombre celoso y amigo del bien del público o que trata del bien común», *Auts.*
63. *mollete:* «bodigo [panecillo] de pan redondo y pequeño, por lo regular blanco y de regalo», *Auts.*

quillas, de quien era tan bien servido, que más de dos *Antonios*[64] se empeñaron o vendieron para que yo almorzase. Finalmente, yo pasaba una vida de estudiante sin hambre y sin sarna, que es lo más que se puede encarecer para decir que era buena; porque si la sarna y la hambre no fuesen tan unas con los estudiantes, en las vidas no habría otra de más gusto y pasatiempo, porque corren parejas en ella la virtud y el gusto, y se pasa la mocedad aprendiendo y holgándose. Desta gloria y desta quietud me vino a quitar una señora que, a mi parecer, llaman por ahí razón de estado, que, cuando con ella se cumple, se ha de descumplir con otras razones muchas. Es el caso que [a] aquellos señores maestros les pareció que la media hora que hay de lición a lición la ocupaban los estudiantes no en repasar las liciones, sino en holgarse conmigo, y así, ordenaron a mis amos que no me llevasen más al estudio; obedecieron, volviéronme a casa y a la antigua guarda de la puerta. Y, sin acordarse señor[65] el viejo de la merced que me había hecho de que de día y de noche anduviese suelto, volví a entregar el cuello a la cadena y el cuerpo a una esterilla que detrás de la puerta me pusieron.

»¡Ay, amigo Cipión, si supieses cuán dura cosa es de sufrir el pasar de un estado felice a un desdichado! Mira: cuando las miserias y desdichas tienen larga la corriente y son continuas, o se acaban presto con la muerte, o la continuación dellas hace un hábito y costumbre en padecellas, que suele en su mayor rigor servir de alivio. Mas cuando de la suerte desdichada y calamitosa, sin pensarlo y de improviso, se sale a gozar de otra suerte próspera, venturosa

64. *Antonios:* dos textos de Antonio de Nebrija, seguramente sus populares *Introductiones latinae,* que se usaban como libro de texto para aprender latín.
65. Tal vez *[mi] señor.*

y alegre, y de allí a poco se vuelve a padecer la suerte primera y a los primeros trabajos y desdichas, es un dolor tan riguroso que, si no acaba la vida, es por atormentarla más viviendo. Digo, en fin, que volví a mi ración perruna y a los huesos que una negra de casa me arrojaba, y aun estos me d[i]ezmaban dos gatos romanos[66], que, como sueltos y ligeros, érales fácil quitarme lo que no caía debajo del distrito[67] que alcanzaba mi cadena.

»Cipión, hermano, así el cielo te conceda el bien que deseas, que, sin que te enfades, me dejes ahora filosofar un poco; porque si dejase de decir las cosas que en este instante me han venido a la memoria de aquellas que entonces me ocurrieron, me parece que no sería mi historia cabal ni de fruto alguno.

CIPIÓN –Advierte, Berganza, no sea tentación del demonio esa gana de filosofar que dices te ha venido; porque no tiene la murmuración mejor velo para paliar y encubrir su maldad disoluta que darse a entender el murmurador que todo cuanto dice son sentencias de filósofos, y que el decir mal es reprehensión, y el descubrir los defetos ajenos buen celo. Y no hay vida de ningún murmurante que, si la consideras y escudriñas, no la halles llena de vicios y de insolencias. Y debajo de saber esto, filosofea ahora cuanto quisieres.

BERGANZA.–Seguro puedes estar, Cipión, de que más murmure, porque así lo tengo prosupuesto[68]. Es, pues, el caso, que, como me estaba todo el día ocioso, y la ociosidad sea madre de los pensamientos, di en repasar por la memoria algunos latines que me quedaron en ella de muchos que oí cuando fui con mis amos al estudio, con que, a mi parecer, me hallé algo más mejorado de entendimien-

66. *gato romano:* «gato manchado a listas de pardo y negro», *Auts.*
67. *distrito:* espacio.
68. *prosupuesto:* determinado.

to; y determiné, como si hablar supiera, aprovecharme dellos en las ocasiones que se me ofreciesen, pero en manera diferente de la que se suelen aprovechar algunos ignorantes. Hay algunos romancistas[69] que en las conversaciones disparan de cuando en cuando con algún latín breve y compendioso, dando a entender a los que no lo entienden que son grandes latinos, y apenas saben declinar un nombre ni conjugar un verbo.

CIPIÓN.–Por menor daño tengo ese que el que hacen los que verdaderamente saben latín; de los cuales hay algunos tan imprudentes que, hablando con un zapatero o con un sastre, arrojan latines como agua.

BERGANZA.–Deso podremos inferir que tanto peca el que dice latines delante de quien los ignora, como el que los dice ignorándolos.

CIPIÓN.–Pues otra cosa puedes advertir, y es que hay algunos que no les excusa el ser latinos de ser asnos.

BERGANZA.–Pues ¿quién lo duda? La razón está clara, pues cuando en tiempo de los romanos hablaban todos latín como lengua materna suya, algún majadero habría entre ellos, a quien no excusaría el hablar latín dejar de ser necio.

CIPIÓN.–Para saber callar en romance y hablar en latín, discreción es menester, hermano Berganza.

BERGANZA.–Así es, porque también se puede decir una necedad en latín como en romance; y yo he visto letrados tontos y gramáticos pesados y romancistas vareteados[70] con sus listas de latín, que con mucha facilidad pueden enfadar al mundo no una, sino muchas veces.

69. *romancista:* el que no sabe más que romance, la lengua vulgar; aquí el castellano.

70. *vareteado:* tejido a listas de varios colores; de ahí que el *romancista vareteado* mezcle romance y latín en su habla.

CIPIÓN.–Dejemos esto, y comienza a decir tus filosofías.

BERGANZA.–Ya las he dicho: estas son que acabo de decir.

CIPIÓN.–¿Cuáles?

BERGANZA.–Estas de los latines y romances, que yo comencé, y tú acabaste.

CIPIÓN.–¿Al murmurar llamas filosofar? ¡Así va ello! Canoniza, Berganza, a la maldita plaga de la murmuración, y dale el nombre que quisieres, que ella dará a nosotros el de cínicos[71], que quiere decir perros murmuradores. Y por tu vida, que calles ya y sigas tu historia.

BERGANZA.–¿Cómo la tengo de seguir si callo?

CIPIÓN.–Quiero decir que la sigas de golpe, sin que la hagas que parezca pulpo, según la vas añadiendo colas.

BERGANZA.–Habla con propiedad: que no se llaman colas las del pulpo[72].

CIPIÓN.–Ese es el error que tuvo el que dijo que no era torpedad ni vicio nombrar las cosas por sus propios nombres, como si no fuese mejor, ya que sea forzoso nombrarlas, decirlas por circunloquios y rodeos que templen la asquerosidad que causa el oírlas por sus mismos nombres. Las honestas palabras dan indicio de la honestidad del que las pronuncia o las escribe.

BERGANZA.–Quiero creerte. Y digo que, no contenta mi fortuna de haberme quitado de mis estudios y de la vida que en ellos pasaba, tan regocijada y compuesta, y haberme puesto atraillado tras de una puerta, y de haber trocado la liberalidad de los estudiantes en la mezquinidad de

71. En su sentido etimológico, porque *cínico* viene del griego *kynos*, perro.

72. Se llamaban *rabos*.

la negra, ordenó de sobresaltarme en lo que ya por quietud y descanso tenía.

»Mira, Cipión, ten por cierto y averiguado, como yo lo tengo, que al desdichado las desdichas le buscan y le hallan, aunque se esconda en los últimos rincones de la tierra. Dígolo porque la negra de casa estaba enamorada de un negro, asimismo esclavo de casa, el cual negro dormía en el zaguán, que es entre la puerta de la calle y la de en medio, detrás de la cual yo estaba, y no se podían juntar sino de noche, y para esto habían hurtado o contrahecho las llaves. Y así, las más de las noches bajaba la negra y, tapándome la boca con algún pedazo de carne o queso, abría al negro, con quien se daba buen tiempo, facilitándolo mi silencio, y a costa de muchas cosas que la negra hurtaba. Algunos días me estragaron la conciencia las dádivas de la negra, pareciéndome que sin ellas se me apretarían las ijadas y daría de mastín en galgo. Pero, en efeto, llevado de mi buen natural, quise responder a lo que a mi amo debía, pues tiraba sus gajes[73] y comía su pan, como lo deben hacer no sólo los perros honrados, a quien se les da renombre de agradecidos, sino todos aquellos que sirven.

CIPIÓN.–Esto sí, Berganza, quiero que pase por filosofía, porque son razones que consisten en buena verdad y en buen entendimiento. Y adelante, y no hagas soga[74], por no decir cola, de tu historia.

BERGANZA.–Primero te quiero rogar me digas, si es que lo sabes, qué quiere decir *filosofía;* que, aunque yo la nombro, no sé lo que es; sólo me doy a entender que es cosa buena.

73. ganaba su salario.
74. *hacer soga:* «introducir alguno más cosas de las que convienen en la conversación que se trata para la inteligencia de ella», *Auts.* De ahí su equivalente «no hagas cola».

CIPIÓN.–Con brevedad te lo diré. Este nombre se compone de dos nombres griegos, que son *filos* y *sofía; filos* quiere decir *amor,* y *sofía,* la ciencia; así que *filosofía* significa *amor de la ciencia,* y *filósofo, amador de la ciencia.*

BERGANZA.–Mucho sabes, Cipión. ¿Quién diablos te enseñó a ti nombres griegos?

CIPIÓN.–Verdaderamente, Berganza, que eres simple, pues desto haces caso; porque estas son cosas que las saben los niños de la escuela, y también hay quien presuma saber la lengua griega, sin saberla, como la latina, ignorándola.

BERGANZA.–Eso es lo que yo digo y quisiera que a estos tales los pusieran en una prensa, y a fuerza de vueltas les sacaran el jugo de lo que saben, porque no anduviesen engañando el mundo con el oropel de sus greguescos[75] rotos y sus latines falsos, como hacen los portugueses con los negros de Guinea.

CIPIÓN.–Ahora sí, Berganza, que te puedes morder la lengua, y tarazármela[76] yo; porque todo cuanto decimos es murmurar.

BERGANZA.–Sí, que no estoy obligado a hacer lo que he oído decir que hizo uno llamado Corondas, tirio[77], el cual puso ley que ninguno entrase en el ayuntamiento de su ciudad con armas, so pena de la vida. Descuidóse desto y otro día entró en el cabildo ceñida la espada. Advirtiéronselo y, acordándose de la pena por él puesta, al momento

75. *greguescos:* «lo mismo que calzones. Los *greguescos* se llaman así de *grex, gregis* y la lana del ganado fino que vinieron de Grecia», *Auts.* Así Cervantes juega con su étimo *griego.*
76. *tarazármela:* atarazármela, partírmela en pedazos.
77. Como indica González de Amezúa, es «Charondas, Thurio o ciudadano de Thurios, en la Magna Grecia». Su fuente es Valerio Máximo, *Hechos y dichos memorables.*

desenvainó su espada y se pasó con ella el pecho, y fue el primero que puso y quebrantó la ley y pagó la pena. Lo que yo dije no fue poner ley, sino prometer que me mordería la lengua cuando murmurase; pero ahora no van las cosas por el tenor y rigor de las antiguas; hoy se hace una ley, y mañana se rompe, y quizá conviene que así sea. Ahora promete uno de enmendarse de sus vicios y de allí a un momento cae en otros mayores. Una cosa es alabar la disciplina y otra el darse con ella; y, en efeto, del dicho al hecho hay gran trecho. Muérdase el diablo, que yo no quiero morderme ni hacer finezas detrás de una estera, donde de nadie soy visto que pueda alabar mi honrosa determinación.

CIPIÓN.–Según eso, Berganza, si tú fueras persona, fueras hipócrita, y todas las obras que hicieras fueran aparentes, fingidas y falsas, cubiertas con la capa de la virtud, sólo porque te alabaran, como todos los hipócritas hacen.

BERGANZA.–No sé lo que entonces hiciera; esto sé que quiero hacer ahora, que es no morderme, quedándome tantas cosas por decir que no sé cómo ni cuándo podré acabarlas; y más estando temeroso que, al salir del sol, nos hemos de quedar a escuras, faltándonos la habla.

CIPIÓN.–Mejor lo hará el cielo. Sigue tu historia y no te desvíes del camino carretero[78] con impertinentes digresiones; y así, por larga que sea, la acabarás presto.

BERGANZA.–Digo, pues, que habiendo visto la insolencia, ladrocinio y deshonestidad de los negros, determiné, como buen criado, estorbarlo, por los mejores medios que pudiese; y pude tan bien, que salí con mi intento. Bajaba la negra como has oído, a refocilarse con el negro, fiada en que me enmudecían los pedazos de carne, pan o queso que me arrojaba... ¡Mucho pueden las dádivas, Cipión!

78. *camino carretero:* camino principal.

CIPIÓN.–Mucho. No te diviertas[79], pasa adelante.

BERGANZA.–Acuérdome que, cuando estudiaba, oí decir al precetor un refrán latino, que ellos llaman adagio, que decía: *Habet bovem in lingua.*

CIPIÓN.–¡Oh, que en hora mala hayáis encajado vuestro latín! ¿Tan presto se te ha olvidado lo que poco ha dijimos contra los que entremeten latines en las conversaciones de romance?

BERGANZA.–Este latín viene aquí de molde: que has de saber que los atenienses usaban, entre otras, de una moneda sellada con la figura de un buey y, cuando algún juez dejaba de decir o hacer lo que era razón y justicia por estar cohechado, decían: «Éste tiene el buey en la lengua».

CIPIÓN.–La aplicación falta.

BERGANZA.–¿No está bien clara, si las dádivas de la negra me tuvieron muchos días mudo, que ni quería ni osaba ladrarla cuando bajaba a verse con su negro enamorado? Por lo que vuelvo a decir que pueden mucho las dádivas.

CIPIÓN.–Ya te he respondido que pueden mucho; y si no fuera por no hacer ahora una larga digresión, con mil ejemplos probara lo mucho que las dádivas pueden; mas quizá lo diré, si el cielo me concede tiempo, lugar y habla para contarte mi vida.

BERGANZA.–Dios te dé lo que deseas, y escucha. Finalmente, mi buena intención rompió por las malas dádivas de la negra; a la cual, bajando una noche muy escura a su acostumbrado pasatiempo, arremetí sin ladrar, por que no se alborotasen los de casa, y en un instante le hice pedazos toda la camisa y le arranqué un pedazo de muslo; burla que fue bastante a tenerla de veras más de ocho días en la

79. *divertir:* «salirse uno del propósito en que va hablando», *Tesoro.*

cama, fingiendo para con sus amos no sé qué enfermedad. Sanó, volvió otra noche, y yo volví a la pelea con mi perra[80] y, sin morderla, la arañé todo el cuerpo como si la hubiera cardado como manta. Nuestras batallas eran a la sorda, de las cuales salía siempre vencedor; y la negra, malparada y peor contenta. Pero sus enojos se parecían bien en mi pelo y en mi salud; alzóseme con[81] la ración y los huesos, y los míos poco a poco iban señalando los nudos del espinazo. Con todo esto, aunque me quitaron el comer, no me pudieron quitar el ladrar. Pero la negra, por acabarme de una vez, me trujo una esponja frita con manteca; conocí la maldad; vi que era peor que comer zarazas[82], porque a quien la come se le hincha el estómago y no sale dél sin llevarse tras sí la vida. Y pareciéndome ser imposible guardarme de las asechanzas de tan indignados enemigos, acordé de poner tierra en medio, quitándomeles delante de los ojos.

»Halléme un día suelto y, sin decir adiós a ninguno de casa, me puse en la calle; y a menos de cien pasos me deparó la suerte al alguacil que dije al principio de mi historia[83], que era grande amigo de mi amo Nicolás el Romo. El cual, apenas me hubo visto, cuando me conoció y me llamó por mi nombre; también le conocí yo y, al llamarme, me llegué a él con mis acostumbradas ceremonias y caricias. Asióme del cuello y dijo a dos corchetes suyos: "Este

80. Insulto que se aplicaba a esclavos y conversos.
81. *alzóseme con:* quitóme, quedóse con.
82. *zarazas:* «masa que se hace mezclando vidro molido, veneno o agujas y sirve para matar los perros, gatos, ratones u otros animales semejantes», *Auts.*
83. No lo menciona en el texto editado, sólo afirma que no hay jifero «que no tenga su ángel de guarda en la plaza de San Francisco, granjeado con lomos y lenguas de vaca».

es famoso perro de ayuda, que fue de un grande amigo mío; llevémosle a casa". Holgáronse los corchetes, y dijeron que, si era de ayuda, a todos sería de provecho. Quisieron asirme para llevarme, y mi amo dijo que no era menester asirme, que yo me iría, porque le conocía. Háseme olvidado decirte que las carlancas con puntas de acero que saqué cuando me desgarré[84] y ausenté del ganado me las quitó un gitano en una venta, y ya en Sevilla andaba sin ellas; pero el alguacil me puso un collar tachonado todo de latón morisco[85]. Considera, Cipión, ahora esta rueda variable de la fortuna mía: ayer me vi estudiante, y hoy me ves corchete.

CIPIÓN.–Así va el mundo, y no hay para qué te pongas ahora a exagerar los vaivenes de fortuna, como si hubiera mucha diferencia de ser mozo de un jifero a serlo de un corchete. No puedo sufrir ni llevar en paciencia oír las quejas que dan de la fortuna algunos hombres que la mayor que tuvieron fue tener premisas[86] y esperanzas de llegar a ser escuderos. ¡Con qué maldiciones la maldicen! ¡Con cuántos improperios la deshonran! Y no por más de que porque piense el que los oye que de alta, próspera y buena ventura han venido a la desdichada y baja en que los miran.

BERGANZA.–Tienes razón. Y has de saber que este alguacil tenía amistad con un escribano, con quien se acompañaba. Estaban los dos amancebados con dos mujercillas, no de poco más a menos, sino de menos en todo; verdad es que tenían algo de buenas caras, pero mucho de desenfado y de taimería putesca. Éstas les servían de red y

84. *me desgarré:* huí.
85. *latón:* «arambre, metal conocido, fusil; y algunos le llaman alatón morisco», *Tesoro.*
86. *premisas:* indicios, señales.

de anzuelo para pescar en seco, en esta forma: vestíanse de suerte que por la pinta descubrían la figura y a tiro de arcabuz mostraban ser damas de la vida libre; andaban siempre a caza de extranjeros; y cuando llegaba la vendeja[87] a Cádiz[88] y a Sevilla, llegaba la huella de su ganancia, no quedando bretón con quien no embistiesen. Y en cayendo el grasiento con alguna de estas limpias, avisaban al alguacil y al escribano adónde y a qué posada iban. Y en estando juntos, les daban asalto y los prendían por amancebados; pero nunca los llevaban a la cárcel, a causa que los extranjeros[89] siempre redimían la vejación con dineros.

»Sucedió, pues, que la Colindres, que así se llamaba la amiga del alguacil, pescó un bretón unto y bisunto[90]. Concertó con él cena y noche en su posada; dio el cañuto[91] a su amigo; y apenas se habían desnudado, cuando el alguacil, el escribano, dos corchetes y yo dimos con ellos. Alborotáronse los amantes; exageró el alguacil el delito; mandólos vestir a toda priesa para llevarlos a la cárcel; afligióse el bretón; terció, movido de caridad, el escribano, y a puros ruegos redujo la pena a solos cien reales. Pidió el bretón unos follados[92] de camuza[93] que habían puesto en una silla a los pies de la cama, donde tenía dineros para pagar su libertad, y no parecieron los follados, ni podían parecer; porque así como

87. *vendeja: verdeja* en 1613. *Vendeja:* «venta pública y común, como en feria», *Auts.*, que se apoya en esta cita. M. Bataillon describe la *vendeja* como la feria otoñal andaluza adonde acudían flotas del norte de Europa a comprar («Vendeja», *H.R.*, XXVII, 1959, pp. 228-245).
88. *Cáliz* en 1613.
89. Parece, por tanto, que el término *bretón* se aplica a los *extranjeros.*
90. *unto y bisunto:* untado y dos veces untado; y untado significa grasiento y a la vez sobornado.
91. *dio el cañuto:* delató, avisó.
92. *follados:* «una especie de calzones o calzas que se usaban en lo antiguo a manera de fuelles», *Auts.*
93. *camuza:* gamuza.

yo entré en el aposento, llegó a mis narices un olor de tocino que me consoló todo; descubríle con el olfato y halléle en una faldriquera de los follados. Digo que hallé en ella un pedazo de jamón famoso y, por gozarle y poderle sacar sin rumor, saqué los follados a la calle y allí me entregué en el jamón a toda mi voluntad. Y cuando volví al aposento, hallé que el bretón daba voces diciendo en lenguaje adúltero y bastardo, aunque se entendía, que le volviesen sus calzas, que en ellas tenía cincuenta *escuti d'oro in oro*[94]. Imaginó el escribano o que la Colindres o los corchetes se los habían robado; el alguacil pensó lo mismo; llamólos aparte, no confesó ninguno, y diéronse al diablo[95] todos. Viendo yo lo que pasaba, volví a la calle donde había dejado los follados, para volverlos, pues a mí no me aprovechaba nada el dinero; no los hallé, porque ya algún venturoso que pasó se los había llevado. Como el alguacil vio que el bretón no tenía dinero para el cohecho, se desesperaba y pensó sacar de la huéspeda de casa lo que el bretón no tenía.

»Llamóla, y vino medio desnuda, y como oyó las voces y quejas del bretón, y a la Colindres desnuda y llorando, el alguacil en cólera, y al escribano enojado y a los corchetes despabilando[96] lo que hallaban en el aposento, no le plugo mucho. Mandó el alguacil que se cubriese y se viniese con él a la cárcel, porque consentía en su casa hombres y mujeres de mal vivir. ¡Aquí fue ello! ¡Aquí sí que fue cuando se aumentaron las voces y creció la confusión!; porque dijo la huéspeda: "Señor alguacil y señor escribano, no conmigo tretas, que entrevo[97] toda

94. «escudos en monedas de oro». El bretón habla en italiano y corrobora la acepción genérica de *extranjero* del término.
95. *darse al diablo:* «irritarse con enfado grande y casi desesperación», *Auts.*
96. *despabilar:* hurtar con disimulo.
97. *entrevo:* entiendo.

costura[98]; no conmigo dijes[99] ni poleos[100]; callen la boca y váyanse con Dios; si no, por mi santiguada que arroje el bodegón por la ventana[101] y que saque a plaza toda la chirinola[102] desta historia; que bien conozco a la señora Colindres, y sé que ha muchos meses que es su cobertor[103] el señor alguacil. Y no hagan que me aclare más, sino vuélvase el dinero a este señor, y quedemos todos por buenos; porque yo soy mujer honrada y tengo un marido con su carta de ejecutoria y con *a perpenan rei de memoria*[104], con sus colgaderos de plomo[105], Dios sea loado; y hago este oficio muy limpiamente y sin daño de barras[106]. El arancel tengo clavado donde todo el mundo le vea; y no conmigo cuentos, que, por Dios, que sé despolvorearme[107]. ¡Bonita soy yo para que por mi orden entren mujeres con los huéspedes! Ellos tienen las llaves de sus aposentos, y yo no soy quince[108], que tengo de ver tras siete paredes".

»Pasmados quedaron mis amos de haber oído la arenga de la huéspeda y de ver cómo les leía la historia de sus vi-

98. *costura:* astucia, trampa (A.H.).
99. *dijes:* bravatas, amenazas.
100. *poleo:* «jactancia y vanidad en el andar o hablar», *Auts.*
101. *echar el bodegón por la ventana:* «enfadarse y encolerizarse demasiado», *Auts.*
102. *chirinola:* «cuento enredado, caso de devaneo o suceso que hace andar al retortero y causa inquietud y desasosiego», *Auts.*, que se apoya en esta cita.
103. *cobertor:* encubridor.
104. Las cartas ejecutorias de hidalguía se encabezaban con *ad perpetuam rei memoriam,* latín que destroza la posadera.
105. *colgaderos de plomo:* sellos colgantes.
106. *sin daño de barras:* sin perjuicio de tercero.
107. *despolvorearme* con el sentido que anota Alonso Hernández para *despolvorear la flor:* «descubrir, poner de manifiesto una acción ilegal o una trampa».
108. Barbarismo por *lince.*

das; pero como vieron que no tenían de quién sacar dinero si della no, porfiaban en llevarla a la cárcel. Quejábase al cielo de la sinrazón y justicia que la hacían, estando su marido ausente y siendo tan principal hidalgo. El bretón bramaba por sus cincuenta *escuti*. Los corchetes porfiaban que ellos no habían visto los follados, ni Dios permitiese lo tal. El escribano, por lo callado, insistía al alguacil que mirase los vestidos de la Colindres, que le daba sospecha que ella debía de tener los cincuenta *escuti*, por tener de costumbre visitar los escondrijos y faldriqueras de aquellos que con ella se envolvían. Ella decía que el bretón estaba borracho y que debía de mentir en lo del dinero. En efeto, todo era confusión, gritos y juramentos, sin llevar modo de apaciguarse, ni se apaciguaran si al instante no entrara en el aposento el teniente de asistente, que, viniendo a visitar aquella posada, las voces le llevaron adonde era la grita.

»Preguntó la causa de aquellas voces. La huéspeda se la dio muy por menudo: dijo quién era la ninfa[109] Colindres, que ya estaba vestida; publicó la pública amistad suya y del alguacil; echó en la calle sus tretas y modo de robar; disculpóse a sí misma de que con su consentimiento jamás había entrado en su casa mujer de mala sospecha; canonizóse[110] por santa y a su marido por un bendito y dio voces a una moza que fuese corriendo y trujese de un cofre la carta ejecutoria de su marido, para que la viese el señor tiniente, diciéndole que por ella echaría de ver que mujer de tan honrado marido no podía hacer cosa mala, y que si tenía aquel oficio de casa de camas era a no poder más; que Dios sabía lo que le pesaba, y si quisiera ella tener alguna renta y pan cuotidiano para pasar la vida que tener aquel

109. *ninfa:* prostituta.
110. *canonizóse:* declaróse, calificóse.

ejercicio. El teniente, enfadado de su mucho hablar y presumir de ejecutoria, le dijo: "Hermana camera, yo quiero creer que vuestro marido tiene carta de hidalguía con que vos me confeséis que es hidalgo mesonero". "Y con mucha honra –respondió la huéspeda–. Y ¿qué linaje hay en el mundo, por bueno que sea, que no tenga algún dime y direte?" "Lo que yo os digo, hermana, es que os cubráis, que habéis de venir a la cárcel." La cual nueva dio con ella en el suelo; arañóse el rostro; alzó el grito; pero, con todo eso, el teniente, demasiadamente severo, los llevó a todos a la cárcel, conviene a saber: al bretón, a la Colindres y a la huéspeda.

»Después supe que el bretón perdió sus cincuenta *escuti* y más diez, en que le condenaron en las costas; la huéspeda pagó otro tanto, y la Colindres salió libre por la puerta afuera. Y el mismo día que la soltaron pescó a un marinero, que pagó por el bretón, con el mismo embuste del soplo. Por que veas, Cipión, cuántos y cuán grandes inconvenientes nacieron de mi golosina.

CIPIÓN.–Mejor dijeras de la bellaquería de tu amo.

BERGANZA.–Pues escucha, que aún más adelante tiraban la barra[111], puesto que me pesa de decir mal de alguaciles y de escribanos.

CIPIÓN.–Sí, que decir mal de uno no es decirlo de todos; sí, que muchos y muy muchos escribanos hay buenos, fieles y legales, y amigos de hacer placer sin daño de tercero; sí, que no todos entretienen los pleitos, ni avisan a las partes, ni todos llevan más de sus derechos, ni todos van buscando e inquiriendo las vidas ajenas para ponerlas en tela de juicio, ni todos se aúnan con el juez para "háceme la barba y hacerte he el copete", ni todos los alguaciles se conciertan con los

111. *tirar la barra:* «frase con que se da a entender que se ha hecho o hace todo lo posible para conseguir lo que se pretende u desea», *Auts.*

vagamundos y fulleros, ni[112] tienen todos las amigas de tu amo para sus embustes. Muchos y muy muchos hay hidalgos por naturaleza y de hidalgas condiciones; muchos no son arrojados, insolentes, ni mal criados, ni rateros, como los que andan por los mesones midiendo las espadas a los extranjeros y, hallándolas un pelo más de la marca[113], destruyen a sus dueños. Sí, que no todos como prenden sueltan y son jueces y abogados cuando quieren.

BERGANZA.–Más alto picaba mi amo; otro camino era el suyo; presumía de valiente y de hacer prisiones famosas; sustentaba la valentía sin peligro de su persona, pero a costa de su bolsa. Un día acometió en la Puerta de Jerez él solo a seis famosos rufianes, sin que yo le pudiese ayudar en nada porque llevaba con un freno de cordel impedida la boca (que así me traía de día, y de noche me le quitaba). Quedé maravillado de ver su atrevimiento, su brío y su denuedo. Así se entraba y salía por las seis espadas de los rufos[114] como si fueran varas de mimbre; era cosa maravillosa ver ligereza con que acometía, las estocadas que tiraba, los reparos[115], la cuenta, el ojo alerta porque no le tomasen las espaldas. Finalmente, él quedó, en mi opinión y en la de todos cuantos la pendencia miraron y supieron, por un nuevo Rodamonte[116], habiendo llevado a sus enemigos desde la Puerta de Jerez hasta los mármoles del Colegio de Mase Rodrigo[117], que hay más de cien pasos. Dejólos en-

112. *ni: in* en 1613.
113. *marca:* medida que no se podía sobrepasar.
114. *rufo:* rufián.
115. *reparos:* defensas.
116. Personaje del *Orlando innamorato* de Boiardo y del *Orlando furioso* de Ariosto.
117. González de Amezúa anota cómo es el Colegio Mayor de Santa María de Jesús, la Universidad de Sevilla, que fundó Rodrigo Fernández de Santaella (1444-1509).

cerrados y volvió a coger los trofeos de la batalla, que fueron tres vainas, y luego se las fue a mostrar al asistente, que, si mal no me acuerdo lo era entonces el licenciado Sarmiento de Valladares[118], famoso por la destruicción de La Sauceda. Miraban a mi amo por las calles do pasaba, señalándole con el dedo, como si dijeran: «Aquél es el valiente que se atrevió a reñir solo con la flor de los bravos de Andalucía». En dar vueltas a la ciudad, para dejarse ver, se pasó lo que quedaba del día, y la noche nos halló en Triana, en una calle junto al Molino de la Pólvora. Y habiendo mi amo avizorado (como en la jácara[119] se dice) si alguien le veía, se entró en una casa, y yo tras él; y hallamos en un patio a todos los jayanes[120] de la pendencia, sin capas ni espadas, y todos desabrochados; y uno, que debía de ser el huésped, tenía un gran jarro de vino en la una mano y en la otra una copa grande de taberna, la cual, colmándola de vino generoso y espumante, brindaba a toda la compañía. Apenas hubieron visto a mi amo, cuando todos se fueron a él con los brazos abiertos, y todos le brindaron, y él hizo la razón[121] a todos, y aún la hiciera a otros tantos si le fuera algo en ello, por ser de condición afable y amigo de no enfadar a nadie por pocas cosas. Quererte yo contar ahora lo que allí se trató, la cena que cenaron, las peleas que se contaron, los hurtos que se refirieron, las damas que de su trato se calificaron y las que se reprobaron, las alabanzas que

118. Fue asistente de Sevilla entre 1589 y 1590, aunque no destruyó «la Sauceda», refugio de malhechores, sino que a éstos los perdonó Felipe II en 1590.
119. *jácara:* lenguaje del hampa.
120. *jayanes:* «rufianes respetados por todos», A.H.
121. *hacer la razón:* «corresponder en los banquetes, comidas y ocasiones en que se bebe vino al brindis, o salud que otro hace con igual brindis», *Auts.*

los unos a los otros se dieron, los bravos ausentes que se nombraron, la destreza que allí se puso en su punto, levantándose en mitad de la cena a poner en prática las tretas que se les ofrecían, esgrimiendo con las manos; los vocablos tan exquisitos de que usaban, y, finalmente, el talle de la persona del huésped, a quien todos respetaban como a señor y padre, sería meterme en un laberinto donde no me fuese posible salir cuando quisiese. Finalmente, vine a entender con toda certeza que el dueño de la casa, a quien llamaban Monipodio, era encubridor de ladrones y pala[122] de rufianes, y que la gran pendencia de mi amo había sido primero concertada con ellos, con las circunstancias del retirarse y de dejar las vainas, las cuales pagó mi amo allí, luego, de contado, con todo cuanto Monipodio dijo que había costado la cena, que se concluyó casi al amanecer, con mucho gusto de todos. Y fue su postre dar soplo a mi amo de un rufián forastero que, nuevo y flamante, había llegado a la ciudad; debía de ser más valiente que ellos, y de envidia le soplaron. Prendióle mi amo la siguiente noche, desnudo en la cama; que, si vestido estuviera, yo vi en su talle que no se dejara prender tan a malsalva. Con esta prisión, que sobrevino sobre la pendencia, creció la fama de mi cobarde, que lo era mi amo más que una liebre; y a fuerza de meriendas y tragos sustentaba la fama de ser valiente, y todo cuanto con su oficio y con sus inteligencias granjeaba se le iba y desaguaba por la canal de la valentía. Pero ten paciencia y escucha ahora un cuento que le sucedió, sin añadir ni quitar de la verdad una tilde.

»Dos ladrones hurtaron en Antequera un caballo muy bueno, trujéronle a Sevilla, y para venderle sin peligro usa-

122. *pala:* «jefe de ladrones que los oculta y protege con su autoridad, en sus bellaquerías», A.H.

ron de un ardid que, a mi parecer, tiene del agudo y del discreto. Fuéronse a posar a posadas diferentes, y el uno se fue a la justicia y pidió por una petición[123] que Pedro de Losada le debía cuatrocientos reales prestados, como parecía por una cédula firmada de su nombre, de la cual hacía presentación. Mandó el tiniente que el tal Losada reconociese la cédula, y que, si la reconociese, le sacasen prendas de la cantidad o le pusiesen en la cárcel. Tocó hacer esta diligencia a mi amo y al escribano, su amigo; llevóles el ladrón a la posada del otro, y al punto reconoció su firma y confesó la deuda y señaló por prenda de la ejecución el caballo; el cual, visto por mi amo, le creció el ojo[124], y le marcó por suyo si acaso se vendiese. Dio el ladrón por pasados los términos de la ley, y el caballo se puso en venta y se remató en quinientos reales en un tercero que mi amo echó de manga[125] para que se le comprase. Valía el caballo tanto y medio más de lo que dieron por él. Pero como el bien del vendedor estaba en la brevedad de la venta, a la primer postura remató su mercaduría. Cobró el un ladrón la deuda que no le debían, y el otro, la carta de pago que no había menester, y mi amo se quedó con el caballo, que para él fue peor que el Seyano[126] lo fue para sus dueños. Mondaron luego la haza[127] los ladrones. Y de allí a dos días, después de haber trastejado[128] mi amo las guarnicio-

123. *petición:* «el escrito con que se pide jurídicamente ante el juez», *Auts.*
124. *crecer el ojo:* «suma alegría que causa la esperanza de conseguir alguna gran felicidad», *Auts.*
125. *echó de manga:* se valió de él con disimulo.
126. El caballo de C. Sejus traía desgracias a sus dueños. Avalle-Arce remite a las *Noches áticas* de Aulo Gelio, III, 9, 6.
127. *mondar la haza:* «desembarazar algún puesto a semejanza del labrador cuando coge su mies», *Tesoro.*
128. *trastejar:* «metafóricamente vale recorrer o mirar cualquier cosa para aderezarla o componerla», *Auts.*

nes y otras faltas del caballo, pareció sobre él en la plaza de San Francisco, más hueco y pomposo que aldeano vestido de fiesta. Diéronle mil parabienes de la buena compra, afirmándole que valía ciento y cincuenta ducados como un huevo un maravedí, y él, volteando y revolviendo el caballo[129], representaba su tragedia en el teatro de la referida plaza. Y estando en sus caracoles y rodeos, llegaron dos hombres de buen talle y de mejor ropaje, y el uno dijo: "¡Vive Dios, que éste es Piedehierro, mi caballo, que ha pocos días que me le hurtaron en Antequera!". Todos los que venían con él, que eran cuatro criados, dijeron que así era la verdad: que aquél era Piedehierro, el caballo que le habían hurtado. Pasmóse mi amo, querellóse el dueño, hubo pruebas, y fueron las que hizo el dueño tan buenas, que salió la sentencia en su favor, y mi amo fue desposeído del caballo. Súpose la burla y la industria de los ladrones, que por manos e intervención de la misma justicia vendieron lo que habían hurtado, y casi todos se holgaban de que la codicia de mi amo le hubiese rompido el saco.

»Y no paró en esto su desgracia; que aquella noche, saliendo a rondar el mismo asistente, por haberle dado noticia que hacia los barrios de San Ju[l]ián andaban ladrones, al pasar de una encrucijada, vieron pasar un hombre corriendo, y dijo a este punto el asistente, asiéndome por el collar y zuzándome: "¡Al ladrón, Gavilán! ¡Ea, Gavilán, hijo, al ladrón, al ladrón!". Yo, a quien ya tenían cansado las maldades de mi amo, por cumplir lo que el señor asistente me mandaba sin discrepar en nada, arremetí con mi propio amo, y sin que pudiese valerse, di con él en el suelo; y si no me lo quitaran, yo hiciera a más de a cuatro vengados; quitáronme con mucha pesadumbre de entrambos. Qui-

129. *revolver el caballo:* «volverse ágil y prontamente en poco terreno», *Auts.*

sieran los corchetes castigarme y aun matarme a palos, y lo hicieran si el asistente no les dijera: "No le toque nadie, que el perro hizo lo que yo le mandé". Entendióse la malicia, y yo, sin despedirme de nadie, por un agujero de la muralla salí al campo, y antes que amaneciese, me puse en Mairena, que es un lugar que está cuatro leguas de Sevilla.

»Quiso mi buena suerte que hallé allí una compañía de soldados que, según oí decir, se iban a embarcar a Cartagena. Estaban en ella cuatro rufianes de los amigos de mi amo, y el atambor[130] era uno que había sido corchete, y gran chocarrero, como lo suelen ser los más atambores. Conociéronme todos, y todos me hablaron, y así me preguntaban por mi amo como si les hubiera de responder. Pero el que más afición me mostró fue el atambor, y así, determiné de acomodarme con él, si él quisiese, y seguir aquella jornada[131], aunque me llevase a Italia o a Flandes. Porque me parece a mí, y aún a ti te debe parecer lo mismo, que, puesto que dice el refrán: "Quien necio es en su villa, necio es en Castilla", el andar tierras y comunicar con diversas gentes hace a los hombres discretos.

CIPIÓN.–Es eso tan verdad, que me acuerdo haber oído decir a un amo que tuve de bonísimo ingenio que al famoso griego llamado Ulises le dieron renombre de prudente por sólo haber andado muchas tierras y comunicado con diversas gentes y varias naciones; y así, alabo la intención que tuviste de irte donde te llevasen.

BERGANZA.–Es, pues, el caso que el atambor, por tener con qué mostrar más sus chacorrerías[132], comenzó a enseñarme a bailar al son del atambor y a hacer otras monerías, tan ajenas de poder aprenderlas otro perro que no

130. *atambor:* el que toca el tambor.
131. *jornada:* expedición militar.
132. *chacorrerías:* chocarrerías, chanzas, bufonadas.

fuera yo como las oirás cuando te las diga. Por acabarse el distrito de la comisión, se marchaba poco a poco; no había comisario que nos limitase; el capitán era mozo, pero muy buen caballero y gran cristiano; el alférez no había muchos meses que había dejado la corte y el tinelo[133]; el sargento era matrero[134] y sagaz, y grande harriero[135] de compañías, desde donde se levantan hasta el embarcadero. Iba la compañía de rufianes churrulleros[136], los cuales hacían algunas insolencias por los lugares do pasábamos, que redundaban en maldecir a quien no lo merecía. Infelicidad es del buen príncipe ser culpado de sus súbditos por la culpa de sus súbditos, a causa que los unos son verdugos de los otros, sin culpa del señor; pues aunque quiera y lo procure, no puede remediar estos daños, porque todas o las más cosas de la guerra traen consigo aspereza, riguridad[137] y desconveniencia.

»En fin, en menos de quince días, con mi buen ingenio y con la diligencia que puso el que había escogido por patrón, supe saltar por el rey de Francia[138] y no saltar por la mala tabernera. Enseñóme a hacer corvetas como caballo napolitano y a andar a la redonda como mula de atahona[139], con otras cosas que, si no tuviera cuenta en no adelantarme a mostrarlas, pusiera en duda si era algún demonio en figura de perro el que las hacía. Púsome nombre del «perro sabio», y no habíamos llegado al

133. *tinelo:* lugar donde comen los criados de una casa.
134. *matrero:* «astuto, sagaz, diestro y experimentado en alguna cosa», *Auts.*
135. *harriero:* arriero, conductor.
136. *churrullero:* «soldado desertor, que se dedicaba a la ladronería y rufianería», A.H.
137. *riguridad:* rigor.
138. «Tómase el simil de los perrillos que traen los ciegos, enseñados a saltar por el arquillo diciendo: "Salta por el rey de Francia" y salta; "salta por la mala tabernera", y no salta». Correas, *Vocabulario.*
139. *atahona:* molino.

alojamiento cuando, tocando su atambor, andaba por todo el lugar pregonando que todas las personas que quisiesen venir a ver las maravillosas gracias y habilidades del perro sabio, en tal casa, o en tal hospital, las mostraban a ocho, o a cuatro maravedís, según era el pueblo grande o chico. Con estos encarecimientos no quedaba persona en todo el lugar que no me fuese a ver, y ninguno había que no saliese admirado y contento de haberme visto. Triunfaba mi amo con la mucha ganancia y sustentaba seis camaradas como unos reyes. La codicia y la envidia despertó en los rufianes voluntad de hurtarme, y andaban buscando ocasión para ello; que esto del ganar de comer holgando tiene muchos aficionados y golosos. Por esto hay tantos titereros en España, tantos que muestran retablos, tantos que venden alfileres y coplas, que todo su caudal, aunque le vendiesen todo, no llega a poderse sustentar un día; y con esto los unos y los otros no salen de los bodegones y tabernas en todo el año; por do me doy a entender que de otra parte que de la de sus oficios sale la corriente de sus borracheras. Toda esta gente es vagamunda, inúti[l] y sin provecho; esponjas del vino y gorgojos del pan.

CIPIÓN.–No más, Berganza; no volvamos a lo pasado. Sigue, que se va la noche, y no querría que, al salir del sol, quedásemos a la sombra del silencio.

BERGANZA.–Tenle y escucha. Como sea cosa fácil añadir a lo ya inventado, viendo mi amo cuán bien sabía imitar el corcel napolitano, hízome unas cubiertas de guadamací[140] y una silla pequeña, que me acomodó en las espaldas; y sobre ella puso una figura liviana de un hombre con

140. *guadamací:* guadamacil, «cabritilla adobada en que a fuerza de la prensa se forman por el haz diferentes figuras de diversos colores», *Auts.*

una lancilla de correr sortija[141] y enseñóme a correr derechamente a una sortija que entre dos palos ponía. Y el día que había de correrla pregonaba que aquel día corría sortija el perro sabio y hacía otras nuevas y nunca vista galanterías, las cuales de mi santiscario[142], como dicen, las hacía, por no sacar mentiroso a mi amo.

»Llegamos, pues, por nuestras jornadas contadas a Montilla, villa del famoso y gran cristiano Marqués de Priego, señor de la casa de Aguilar y de Montilla. Alojaron a mi amo, porque él lo procuró, en un hospital. Echó luego el ordinario bando; y como ya la fama se había adelantado a llevar las nuevas de las habilidades y gracias del perro sabio, en menos de una hora se llenó el patio de gente. Alegróse mi amo viendo que la cosecha iba de guilla[143] y mostróse aquel día chacorrero en demasía. Lo primero en que comenzaba la fiesta era en los saltos que yo daba por un aro de cedazo, que parecía de cuba: conjurábame por las ordinarias preguntas, y cuando él bajaba una varilla de membrillo que en la mano tenía, era señal del salto; y cuando la tenía alta, de que me estuviese quedo. El primer conjuro deste día (memorable entre todos los de mi vida) fue decirme: "Ea, Gavilán, amigo, salta por aquel viejo verde que tú conoces que se

141. *correr sortija:* «fiesta de a caballo que se ejecuta poniendo una sortija de hierro del tamaño de un ochavo segoviano, la cual está encajada en otro hierro, de donde se puede sacar con facilidad, y este pende de una cuerda o palo tres o cuatro varas alto del suelo, y los caballeros o personas que la corren, tomando la debida distancia, a carrera, se encaminan a ella, y el que con la lanza se la lleva, encajándola en la sortija, se lleva la gloria del más diestro y afortunado», *Auts.*

142. *santiscario:* «capricho e intención o idea», *Auts.*, pero los editores subrayan que el sentido es *caletre, cabeza.*

143. *guilla:* «cosecha copiosa y abundante», *Auts.*, que se apoya en este texto.

escabecha[144] las barbas; y si no quieres, salta por la pompa y el aparato de doña Pimpinela de Plafagonia, que fue compañera de la moza gallega que servía en Valdeastillas. ¿No te cuadra el conjuro, hijo Gavilán? Pues salta por el bachiller Pasillas, que se firma licenciado sin tener grado alguno. ¡Oh perezoso estás! ¿Por qué no saltas? Pero ya entiendo y alcanzo tus marrullerías: ahora salta por el licor de Esquivias, famoso al par del de Ciudad Real, San Martín y Ribadavia". Bajó la varilla, y salté yo y noté sus malicias y malas entrañas. Volvióse luego al pueblo, y en voz alta dijo: "No piense vuesa merced, senado valeroso, que es cosa de burla lo que este perro sabe. Veinte y cuatro piezas le tengo enseñadas, que por la menor dellas volaría un gavilán; quiero decir que por ver la menor se pueden caminar treinta leguas. Sabe bailar la zarabanda y chacona mejor que su inventora misma; bébese una azumbre de vino sin dejar gota, entona un *sol fa mi re* tan bien como un sacristán; todas estas cosas, y otras muchas que me quedan por decir, las irán viendo vuesas mercedes en los días que estuviere aquí la compañía. Y por ahora dé otro sa[l]to nuestro sabio, y luego entraremos en lo grueso". Con esto suspendió el auditorio que había llamado senado y les encendió el deseo de no dejar de ver todo lo que yo sabía. Volvióse a mí mi amo y dijo: "Volved, hijo Gavilán, y con gentil agilidad y destreza deshaced los saltos que habéis hecho; pero ha de ser a devoción de la famosa hechicera que dicen que hubo en este lugar".

»Apenas hubo dicho esto, cuando alzó la voz la hospitalera[145], que era una vieja, al parecer, de más de sesenta años, diciendo: "¡Bellaco, charlatán, embaidor[146] y hijo de

144. *escabecha:* tiñe.
145. *hospitalera:* persona que cuida pobres.
146. *embaidor:* embaucador.

puta, aquí no hay hechicera alguna! Si lo decís por la Camacha, ya ella pagó su pecado y está donde Dios se sabe; si lo decís por mí, chacorrero, ni yo soy ni he sido hechicera en mi vida; y si he tenido fama de haberlo sido, merced[147] a los testigos falsos y a la ley del encaje[148] y al juez arrojadizo[149] y mal informado. Ya sabe todo el mundo la vida que hago, en penitencia, no de los hechizos que no hice, sino de otros muchos pecados, otros que como pecadora he cometido. Ansí que, socarrón tamborilero, salid del hospital. Si no, por vida de mi santiguada que os haga salir más que de paso". Y con esto comenzó a dar tantos gritos y a decir tantas y tan atropelladas injurias a mi amo, que [le] puso en confusión y sobresalto. Finalmente, no dejó que pasase adelante la fiesta en ningún modo. No le pesó a mi amo del alboroto, porque se quedó con los dineros y aplazó para otro día y en otro hospital lo que en aquél había faltado. Fuese la gente maldiciendo a la vieja, añadiendo al nombre de hechicera el de bruja, y el de barbuda sobre vieja. Con todo esto, nos quedamos en el hospital aquella noche.

»Y encontrándome la vieja en el corral solo, me dijo: "¿Eres tú, hijo Montiel? ¿Eres tú, por ventura, hijo?". Alcé la cabeza y miréla muy de espacio; lo cual visto por ella, con lágrimas en los ojos se vino a mí y me echó los brazos al cuello, y si la dejara, me besara en la boca; pero tuve asco y no lo consentí.

CIPIÓN.–Bien hiciste; porque no es regalo, sino tormento, el besar ni dejar besarse de una vieja.

BERGANZA.–Esto que ahora te quiero contar, te lo había de haber dicho al principio de mi cuento, y así excusára-

147. *vuessa merced* en 1613.
148. *ley del encaje:* «el dictamen o juicio que voluntariamente y por su nuevo discurso forma el juez, sin tener atención a lo que las leyes disponen para sentenciar alguna causa», *Auts.*
149. *arrojadizo:* temerario.

mos la admiración que nos causó el vernos con habla. Porque has de saber que la vieja me dijo: "Hijo Montiel, vente tras mí y sabrás mi aposento, y procura que esta noche nos veamos a solas en él, que yo dejaré abierta la puerta; y sabe que tengo muchas cosas que decirte de tu vida y para tu provecho". Bajé yo la cabeza en señal de obedecerla, por lo cual ella se acabó de enterar en que yo era el perro Montiel que buscaba, según después me lo dijo. Quedé atónito y confuso, esperando la noche, por ver en lo que paraba aquel misterio o prodigio de haberme hablado la vieja; y como había oído llamarla de hechicera, esperaba de su vista y habla grandes cosas. Llegóse, en fin, el punto de verme con ella en su aposento, que era escuro, estrecho y bajo, y solamente claro con la débil luz de un candil de barro que en él estaba. Atizóle la vieja y sentóse sobre una arquilla[150] y llegóme junto a sí y, sin hablar palabra, me volvió a abrazar, y yo volví a tener cuenta con que no me besase. Lo primero que me dijo fue:

»"Bien esperaba yo en el cielo que antes que estos mis ojos se cerrasen con el último sueño, te había de ver, hijo mío; y ya que te he visto, venga la muerte y lléveme desta cansada vida.

»"Has de saber, hijo, que en esta villa vivió la más famosa hechicera que hubo en el mundo, a quien llamaron la Camacha de Montilla; fue tan única en su oficio, que las Eritos, las Circes, las Medeas[151], de quien he oído decir que están las historias llenas, no la igualaron. Ella congelaba las nubes cuando quería, cubriendo con ellas la faz del sol,

150. *arquilla:* arca pequeña.

151. Hechiceras. Erichtho aparece en *La Farsalia* de Lucano; Circe en *La Odisea* transforma a los compañeros de Ulises en animales; Medea es nieta de Circe y prototipo de hechicera, ayudó a Jasón a conquistar el vellocino de oro.

y cuando se le antojaba, volvía sereno el más turbado cielo; traía los hombres en un instante de lejas tierras; remediaba maravillosamente las doncellas que habían tenido algún descuido en guardar su entereza; cubría a las viudas de modo que con honestidad fuesen deshonestas; descasaba las casadas, y casaba las que ella quería. Por diciembre tenía rosas frescas en su jardín y por enero segaba trigo. Esto de hacer nacer berros en una artesa era lo menos que ella hacía, ni el hacer ver en un espejo, o en la uña de una criatura, los vivos o los muertos que le pedían que mostrase. Tuvo fama que convertía los hombres en animales, y que se había servido de un sacristán seis años en forma de asno[152], real y verdaderamente, lo que yo nunca he podido alcanzar cómo se haga; porque lo que se dice de aquellas antiguas magas, que convertían los hombres en bestias, dicen los que más saben que no era otra cosa sino que ellas, con su mucha hermosura y con sus halagos, atraían los hombres de manera a que las quisiesen bien, y los sujetaban de suerte, sirviéndose dellos en todo cuanto querían, que parecían bestias. Pero en ti, hijo mío, la experiencia me muestra lo contrario: que sé que eres persona racional y te veo en semejanza de perro, si ya no es que esto se hace con aquella ciencia que llaman *tropelía*, que hace parecer una cosa por otra. Sea lo que fuere, lo que me pesa es que yo ni tu madre, que fuimos discípulas de la buena Camacha, nunca llegamos a saber tanto como ella; y no por falta de ingenio, ni de habilidad, ni de ánimo, que antes nos sobraba que faltaba, sino por sobra de su malicia, que[153] nunca quiso enseñarnos las cosas mayores, porque las reservaba para ella.

152. Se dibuja aquí la brujería del *Asno de oro* de Apuleyo.
153. *uque* en 1613. F. Sevilla y A. Rey apuntan la posibilidad de que debiera leerse *u que* con el valor de *o que*. Mantengo la omisión porque la oración parece ser la glosa de su «sobra de malicia» y no una alternativa.

»"Tu madre, hijo, se llamó la Montiela, que, después de la Camacha, fue famosa. Yo me llamo la Cañizares, y si no tan sabia como las dos, a lo menos de tan buenos deseos como cualquiera dellas. Verdad es que al ánimo que tu madre tenía de hacer y entrar en un cerco y encerrarse en él con una legión de demonios no le hacía ventaja la misma Camacha. Yo fui siempre algo medrosilla; con conjurar media legión me contentaba; pero -con paz sea dicho de entrambas-, en esto de conficionar las unturas con que las brujas nos untamos, a ninguna de las dos diera ventaja, ni la daré a cuantas hoy siguen y guardan nuestras reglas. Que has de saber, hijo, que como yo he visto y veo que la vida, que corre sobre las ligeras alas del tiempo, se acaba, he querido dejar todos los vicios de la hechicería en que estaba engolfada muchos años había y sólo me he quedado con la curiosidad[154] de ser bruja, que es un vicio dificultosísimo de dejar. Tu madre hizo lo mismo: de muchos vicios se apartó; muchas buenas obras hizo en esta vida; pero al fin murió bruja y no murió de enfermedad alguna, sino de dolor de que supo que la Camacha, su maestra, de envidia que la tuvo porque se le iba subiendo a las barbas en saber tanto como ella, o por otra pendenzuela de celos, que nunca pude averiguar, estando tu madre preñada, y llegándose la hora del parto, fue su comadre la Camacha, la cual recibió en sus manos lo que tu madre parió y mostróle que había parido dos perritos. Y así como los vio, dijo: '¡Aquí hay maldad, aquí hay bellaquería!'. 'Pero, hermana Montiela, tu amiga soy; yo encubriré este parto, y atiende tú a estar sana y haz cuenta que esta tu desgracia queda sepultada en el mismo silencio; no te dé pena alguna este suceso, que ya sabes tú que puedo yo saber que, si no es con Rodríguez, el

154. *curiosidad:* cuidado, diligencia.

ganapán[155] tu amigo, días ha que no tratas con otro; así que este perruno parto de otra parte viene y algún misterio contiene.'

»"Admiradas quedamos[156] tu madre y yo, que me hallé presente a todo, del extraño suceso. La Camacha se fue y se llevó los cachorros. Yo me quedé con tu madre para asistir a su regalo, la cual no podía creer lo que le había sucedido. Llegóse el fin de la Camacha, y estando en la última hora de su vida, llamó a tu madre y le dijo cómo ella había convertido a sus hijos en perros por cierto enojo que con ella tuvo; pero que no tuviese pena, que ellos volverían a su ser cuando menos lo pensasen; mas que no podía ser primero que ellos por sus mismos ojos viesen lo siguiente:

> Volverán en su forma verdadera
> cuando vieren con presta diligencia
> derribar los soberbios levantados
> y alzar a los humildes abatidos
> por[157] poderosa mano para hacello.

»"Esto dijo la Camacha a tu madre al tiempo de su muerte, como ya te he dicho. Tomólo tu madre por escrito y de memoria, y yo lo fijé en la mía para si sucediese tiempo de poderlo decir a alguno de vosotros. Y para poder conoceros, a todos los perros que veo de tu color los llamo con el nombre de tu madre, no por pensar que los perros han de saber el nombre, sino por ver si respondían a ser llamados tan diferentemente como se llaman los otros perros. Y esta

155. *ganapán:* «el mozo de trabajo, que adquiere su sustento llevando cargas y transportando lo que le mandan de una parte a otra», *Auts.*
156. *quedaron* en 1613.
157. *con* en 1613, pero después aparece *por* las dos veces que vuelve a citarse.

tarde, como te vi hacer tantas cosas, y que te llaman *el perro sabio,* y también cómo alzaste la cabeza a mirarme cuando te llamé en el corral, he creído que tú eres hijo de la Montiela, a quien con grandísimo gusto doy noticia de tus sucesos y del modo con que has de cobrar tu forma primera; el cual modo quisiera yo que fuera tan fácil como el que se dice de Apu[l]eyo en *El asno de oro,* que consistía en sólo comer una rosa[158]. Pero este tuyo va fundado en acciones ajenas y no en tu diligencia. Lo que has de hacer, hijo, es encomendarte a Dios allá en tu corazón, y espera que éstas, que no quiero llamarlas profecías, sino adivinanzas, han de suceder presto y prósperamente; que pues la buena de la Camacha las dijo, sucederán sin duda alguna, y tú y tu hermano, si es vivo, os veréis como deseáis.

»"De lo que a mí me pesa es que estoy tan cerca de mi acabamiento que no tendré lugar de verlo. Muchas veces he querido preguntar a mi cabrón[159] qué fin tendrá vuestro suceso; pero no me he atrevido, porque nunca a lo que le preguntamos responde a derechas, sino con razones torcidas y de muchos sentidos. Así que a este nuestro amo y señor no hay que preguntarle nada, porque con una verdad mezcla mil mentiras; y a lo que yo he colegido de sus respuestas, él no sabe nada de lo por venir ciertamente, sino por conjeturas. Con todo esto, nos trae tan engañadas a las que somos brujas, que, con hacernos mil burlas, no le podemos dejar. Vamos a verle muy lejos de aquí, a un gran campo, donde nos juntamos infinidad de gente, brujos y brujas, y allí nos da de comer desabridamente, y pasan

158. El protagonista de la novela de Apuleyo (traducida al español en 1513, pero publicada hacia 1525), convertido en asno, recuperaba su figura al comer una rosa.
159. El diablo.

otras cosas que en verdad y en Dios y en mi ánima, que no me atrevo a contarlas, según son sucias y asquerosas, y no quiero ofender tus castas orejas. Hay opinión que no vamos a estos convites sino con la fantasía, en la cual nos representa el demonio las imágenes de todas aquellas cosas que después contamos que nos han sucedido. Otros dicen que no, sino que verdaderamente vamos en cuerpo y en ánima; y entrambas opiniones tengo para mí que son verdaderas, puesto que nosotras no sabemos cuándo vamos de una o de otra manera, porque todo lo que nos pasa en la fantasía es tan intensamente que no hay diferenciarlo de cuando vamos real y verdaderamente. Algunas experiencias desto han hecho los señores inquisidores con algunas de nosotras que han tenido presas, y pienso que han hallado ser verdad lo que digo.

»"Quisiera yo, hijo, apartarme deste pecado, y para ello he hecho mis diligencias: heme acogido a ser hospitalera; curo a los pobres, y algunos se mueren que me dan a mí la vida con lo que me mandan o con lo que se les queda entre los remiendos, por el cuidado que yo tengo de espulgarlos los vestidos. Rezo poco y en público; murmuro mucho y en secreto; vame mejor con ser hipócrita que con ser pecadora declarada; las apariencias de mis buenas obras presentes van borrando en la memoria de los que me conocen las malas obras pasadas. En efeto, la santidad fingida no hace daño a ningún tercero, sino al que la usa. Mira, hijo Montiel, este consejo te doy: que seas bueno en todo cuanto pudieres; y si has de ser malo, procura no parecerlo en todo cuanto pudieres. Bruja soy, no te lo niego; bruja y hechicera fue tu madre, que tampoco te lo puedo negar; pero las buenas apariencias de las dos podían acreditarnos en todo el mundo. Tres días antes que muriese habíamos estado las dos en un valle de los Montes Perineos en una gran gira[160]; y con todo eso, cuando murió fue con tal sosiego y reposo, que si no fueron algunos visajes que hizo un cuarto de hora antes que rindiese el alma, no parecía sino que estaba en aquélla como en un tálamo de flores. Llevaba atravesados en el corazón sus dos hijos, y nunca quiso, aun en el artículo de la muerte, perdonar a la Camacha: tal era ella de entera y firme en sus cosas. Yo le cerré los ojos, y fui con ella hasta la sepultura. Allí la dejé para no verla más, aunque no tengo perdida la esperanza de verla antes que me muera, porque se ha dicho por el lugar que la han visto algunas personas andar por los cimenterios y encrucijadas en diferentes figuras, y quizá alguna vez la toparé yo y le preguntaré si manda que haga alguna cosa en descargo de su conciencia".

»Cada cosa destas que la vieja me decía en alabanza de la que decía ser mi madre era una lanzada que me atravesaba el corazón, y quisiera arremeter a ella y hacerla pedazos entre los dientes; y si lo dejé de hacer, fue porque no le tomase la muerte en tan mal estado. Finalmente, me dijo que aquella noche pensaba untarse para ir a uno de sus usados convites y que, cuando allá estuviese, pensaba preguntar a su dueño algo de lo que estaba por sucederme. Quisiérale yo preguntar qué unturas eran aquellas que decía, y parece que me leyó el deseo, pues respondió a mi intención como si se lo hubiera preguntado, pues dijo:

»"Este ungüento con que las brujas nos untamos es compuesto de jugos de yerbas en todo extremo fríos, y no es, como dice el vulgo, hecho con la sangre de los niños que ahogamos. Aquí pudieras también preguntarme qué gusto o provecho saca el demonio de hacernos matar las criaturas tiernas, pues sabe que, estando bautizadas, como

160. En una de las reuniones de la bruja con el diablo, un aquelarre.

inocentes y sin pecado, se van al cielo, y él recibe pena particular con cada alma cristiana que se le escapa. A lo que no te sabré responder otra cosa sino lo que dice el refrán: 'que tal hay que se quiebra dos ojos porque su enemigo se quiebre uno'; y por la pesadumbre que da a sus padres matándoles los hijos, que es la mayor que se puede imaginar. Y lo que más le importa es hacer que nosotras cometamos a cada paso tan cruel y perverso pecado; y todo esto lo permite Dios por nuestros pecados, que sin su permisión yo he visto por experiencia que no puede ofender el diablo a una hormiga. Y es tan verdad esto que, rogándole yo una vez que destruyese una viña de un mi enemigo, me respondió que ni aun tocar a una hoja della no podía, porque Dios no quería; por lo cual podrás venir a entender, cuando seas hombre, que todas las desgracias que vienen a las gentes, a los reinos, a las ciudades y a los pueblos, las muertes repentinas, los naufragios, las caídas, en fin, todos los males que llaman de daño vienen de la mano del Altísimo y de su voluntad permitente; y los daños y males que llaman de culpa vienen y se causan por nosotros mismos. Dios es impecable[161]; de do se infiere que nosotros somos autores del pecado, formándole en la intención, en la palabra y en la obra, todo permitiéndolo Dios, por nuestros pecados, como ya he dicho. Dirás tú ahora, hijo, si es que acaso me entiendes, que quién me hizo a mí teóloga, y aun quizá dirás entre ti: '¡Cuerpo de tal con la puta vieja! ¿Por qué no deja de ser bruja, pues sabe tanto, y se vuelve a Dios, pues sabe que está más prompto a perdonar pecados que a permitirlos?'. A esto te respondo, como si me lo preguntaras, que la costumbre del vicio se vuelve en naturaleza, y este de ser brujas se convierte en sangre y carne; y en medio de su ardor, que es mu-

161. *impecable:* incapaz de poder pecar.

cho, trae un frío que pone en el alma tal, que la resfría y entorpece aun en la fe, de donde nace un olvido de sí misma, y ni se acuerda de los temores con que Dios la amenaza ni de la gloria con que la convida. Y, en efeto, como es pecado de carne y de deleites, es fuerza que amortigüe todos los sentidos y los embelese y absorte, sin dejarlos usar sus oficios como deben; y así, quedando el alma inútil, floja y desmazalada[162], no puede levantar la consideración siquiera a tener algún buen pensamiento; y así, dejándose estar sumida en la profunda sima de su miseria, no quiere alzar la mano a la de Dios, que se la está dando, por sola su misericordia, para que se levante. Yo tengo una destas almas que te he pintado: todo lo veo y todo lo entiendo y, como el deleite me tiene echados grillos a la voluntad, siempre he sido y seré mala.

»"Pero dejemos esto y volvamos a lo de las unturas. Y digo que son tan frías, que nos privan de todos los sentidos en untándonos con ellas, y quedamos tendidas y desnudas en el suelo, y entonces dicen que en la fantasía pasamos todo aquello que nos parece pasar verdaderamente. Otras veces, acabadas de untar, a nuestro parecer, mudamos forma y, convertidas en gallos, lechuzas o cuervos, vamos al lugar donde nuestro dueño nos espera, y allí cobramos nuestra primera forma y gozamos de los deleites que te dejo de decir, por ser tales que la memoria se escandaliza en acordarse dellos, y así la lengua huye de contarlos. Y con todo esto, soy bruja y cubro con la capa de la hipocresía todas mis muchas faltas. Verdad es que, si algunos me estiman y honran por buena, no faltan muchos que me dicen, no dos dedos del oído, el nombre de las fiestas[163]; que

162. *desmazalada:* desmalazada, abatida.
163. *decirse los nombres de las fiestas:* «frase con que explica que algunas personas se han llamado recíprocamente nombres injuriosos, y que se

es el que les imprimió la furia de un juez colérico que en los tiempos pasados tuvo que ver conmigo y con tu madre, depositando su ira en las manos de un verdugo que, por no estar sobornado, usó de toda su plena potestad y rigor con nuestras espaldas. Pero esto ya pasó, y todas las cosas se pasan; las memorias se acaban, las vidas no vuelven, las lenguas se cansan, los sucesos nuevos hacen olvidar los pasados. Hospitalera soy; buenas muestras doy de mi proceder; buenos ratos me dan mis unturas; no soy tan vieja que no pueda vivir un año, puesto que tengo setenta y cinco; y ya que no puedo ayunar, por la edad; ni rezar, por los vaguidos; ni andar romerías, por la flaqueza de mis piernas; ni dar limosna, porque soy pobre; ni pensar en bien, porque soy amiga de murmurar, y para haberlo de hacer es forzoso pensarlo primero, así que siempre mis pensamientos han de ser malos; con todo esto sé que Dios es bueno y misericordioso y que Él sabe lo que ha de ser de mí, y basta. Y quédese aquí esta plática, que verdaderamente me entristece. Ven, hijo, y verásme untar; que todos los duelos con pan son buenos; el buen día, meterle en casa; pues, mientras se ríe, no se llora. Quiero decir que, aunque los gustos que nos da el demonio son aparentes y falsos, todavía nos parecen gustos, y el deleite mucho mayor es imaginado que gozado, aunque en los verdaderos gustos debe de ser al contrario".

»Levantóse en diciendo esta larga arenga y, tomando el candil, se entró en otro aposentillo más estrecho. Seguíla combatido de mil varios pensamientos y admirado de lo que había oído y de lo que esperaba ver. Colgó la Cañizares el candil de la pared y con mucha priesa se desnudó

han dicho en sus mismas caras, y echado en la calle sus mayores y más sensibles defectos y faltas», *Auts.*

hasta la camisa y, sacando de un rincón una olla vidriada, metió en ella la mano y, murmurando entre dientes, se untó desde los pies a la cabeza, que tenía sin toca. Antes que se acabase de untar, me dijo que, ora se quedase su cuerpo en aquel aposento sin sentido, ora desapareciese dél, que no me espantase, ni dejase de aguardar allí hasta la mañana, porque sabría las nuevas de lo que me quedaba por pasar hasta ser hombre. Díjele bajando la cabeza que sí haría, y con esto acabó su untura y se tendió en el suelo como muerta. Llegué mi boca a la suya y vi que no respiraba poco ni mucho.

»Una verdad te quiero confesar, Cipión amigo: que me dio gran temor verme encerrado en aquel estrecho aposento con aquella figura delante, la cual te la pintaré como mejor supiere. Ella era larga de más de siete pies; toda era notomía[164] de huesos, cubiertos con una piel negra, vellosa y curtida; con la barriga, que era de badana, se cubría las partes deshonestas, y aun le colgaba hasta la mitad de los muslos; las tetas semejaban dos vejigas de vaca secas y arrugadas; denegridos los labios, traspillados[165] los dientes, la nariz corva y entablada, desencasados[166] los ojos, la cabeza desgreñada, las mejillas chupadas, angosta la garganta y los pechos sumidos; finalmente, toda era flaca y endemoniada.

»Púseme de espacio a mirarla, y apriesa comenzó a apoderarse de mí el miedo, considerando la mala visión de su cuerpo y la peor ocupación de su alma. Quise morderla por ver si volvía en sí, y no hallé parte en toda ella que el asco no me lo estorbase; pero, con todo esto, la así

164. *notomía:* anatomía, esqueleto.
165. *traspillados:* enflaquecidos, debilitados.
166. *desencasados:* desencajados.

de un carcaño[167] y la saqué arrastrando al patio; mas ni por esto dio muestras de tener sentido. Allí, con mirar el cielo y verme en parte ancha, se me quitó el temor; a lo menos, se templó de manera que tuve ánimo de esperar a ver en lo que paraba la ida y vuelta de aquella mala hembra y lo que me contaba de mis sucesos. En esto me preguntaba yo a mí mismo: "¿Quién hizo a esta mala vieja tan discreta y tan mala? ¿De dónde sabe ella cuáles son males de daño y cuáles de culpa? ¿Cómo entiende y habla tanto de Dios y obra tanto del diablo? ¿Cómo peca tan de malicia no excusándose con ignorancia?".

»En estas consideraciones se pasó la noche y se vino el día, que nos halló a los dos en mitad del patio: ella no vuelta en sí, y a mí junto a ella, en cuclillas, atento, mirando su espantosa y fea catadura. Acudió la gente del hospital, y viendo aquel retablo, unos decían: "Ya la bendita Cañizares es muerta; mirad cuán disfigurada y flaca la tenía la penitencia". Otros, más considerados, la tomaron el pulso y vieron que le tenía y que no era muerta, por do se dieron a entender que estaba en éxtasis y arrobada, de puro buena. Otros hubo que dijeron: "Esta puta vieja sin duda debe de ser bruja y debe de estar untada; que nunca los santos hacen tan deshonestos arrobos, y hasta ahora, entre los que la conocemos, más fama tiene de bruja que de santa". Curiosos hubo que se llegaron a hincarle alfileres por las carnes, desde la punta hasta la cabeza; ni por eso recordaba[168] la dormilona, ni volvió en sí hasta las siete del día. Y como se sintió acribada[169] de los alfileres y mordida de los carcañares y magullada del arrastramiento fuera de su aposen-

167. *carcaño:* calcañar.
168. *recordaba:* despertaba.
169. *acribada:* horadada.

to, y a vista de tantos ojos que la estaban mirando, creyó –y creyó la verdad– que yo había sido el autor de su deshonra. Y así, arremetió a mí y, echándome ambas manos a la garganta, procuraba ahogarme, diciendo: "¡Oh bellaco, desagradecido, ignorante y malicioso! ¿Y es éste el pago que merecen las buenas obras que a tu madre hice y de las que te pensaba hacer a ti?". Yo, que me vi en peligro de perder la vida entre las uñas de aquella fiera arpía, sacudíme y, asiéndole de las luengas faldas de su vientre, la zamarreé[170] y arrastré por todo el patio. Ella daba voces que la librasen de los dientes de aquel maligno espíritu.

»Con estas razones de la mala vieja, creyeron los más que yo debía de ser algún demonio de los que tienen ojeriza continua con los buenos cristianos, y unos acudieron a echarme agua bendita, otros no osaban llegar a quitarme, otros daban voces que me conjurasen. La vieja gruñía; yo apretaba los dientes; crecía la confusión, y mi amo, que ya había llegado al ruido, se desesperaba oyendo decir que yo era demonio. Otros, que no sabían de exorcismos, acudieron a tres o cuatro garrotes, con los cuales comenzaron a santiguarme los lomos. Escocióme la burla, solté la vieja y en tres saltos me puse en la calle y en pocos más salí de la villa, perseguido de una infinidad de muchachos, que iban a grandes voces diciendo: "¡Apártense, que rabia el perro sabio!". Otros decían: "¡No rabia, sino que es demonio en figura de perro!". Con este molimiento, a campana herida[171], salí del pueblo, siguiéndome muchos que indubitablemente creyeron que era demonio, así por las cosas que me habían visto hacer como por las palabras que la vieja

170. *zamarrée:* sacudí a un lado y a otro.
171. *a campana herida o tañida:* «con gran prisa y en tropel como si fueran llamados con campana», *Auts.*

dijo cuando despertó de su maldito sueño. Dime tanta priesa a huir y a quitarme delante de sus ojos, que creyeron que me había desparecido como demonio.

»En seis horas anduve doce leguas y llegué a un rancho de gitanos que estaba en un campo junto a Granada. Allí me reparé un poco, porque algunos de los gitanos me conocieron por el perro sabio, y con no pequeño gozo me acogieron y escondieron en una cueva por que no me hallasen si fuese buscado, con intención –a lo que después entendí– de ganar conmigo como lo hacía el atambor, mi amo. Veinte días estuve con ellos, en los cuales supe y noté su vida y costumbres, que por ser notables es forzoso que te las cuente.

CIPIÓN.–Antes, Berganza, que pases adelante, es bien que reparemos en lo que te dijo la bruja y averigüemos si puede ser verdad la grande mentira a quien das crédito. Mira, Berganza, grandísimo disparate sería creer que la Camacha mudase los hombres en bestias y que el sacristán en forma de jumento la sirviese los años que dicen que la sirvió. Todas estas cosas y las semejantes son embelecos, mentiras o apariencias del demonio; y si a nosotros nos parece ahora que tenemos algún entendimiento y razón, pues hablamos siendo verdaderamente perros, o estando en su figura, ya hemos dicho que este es caso portentoso y jamás visto, y que, aunque le tocamos con las manos, no le habemos de dar crédito hasta tanto que el suceso dél nos muestre lo que conviene que creamos. ¿Quiéreslo ver más claro? Considera en cuán vanas cosas y en cuán tontos puntos dijo la Camacha que consistía nuestra restauración; y aquellas que a ti te deben parecer profecías no son sino palabras de consejas o cuentos de viejas, como aquellos del caballo sin cabeza y de la varilla de virtudes, con que se entretienen al fuego las dilatadas noches del invierno, porque, a ser otra cosa, ya estaban cumplidas, si no es que sus palabras se han de tomar en un sentido que he oído decir se llama al[e]górico; el cual sentido no quiere decir lo que la letra suena, sino otra cosa que, aunque diferente, le haga semejanza. Y así, decir:

Volverán a su forma verdadera
cuando vieren con presta diligencia
derribar los soberbios levantados
y alzar a los humildes abatidos
por mano poderosa para hacello,

tomándolo en el sentido que he dicho, paréceme que quiere decir que cobraremos nuestra forma cuando viéremos que los que ayer estaban en la cumbre de la rueda de fortuna, hoy están hollados y abatidos a los pies de la desgracia y tenidos en poco de aquellos que más los estimaba[n]. Y asimismo, cuando viéremos que otros que no ha dos horas que no tenían deste mundo otra parte que servir en él de número que acrecentase el de las gentes, y ahora están tan encumbrados sobre la buena dicha que los perdemos de vista; y si primero no parecían por pequeños y encogidos, ahora no los podemos alcanzar por grandes y levantados. Y si en esto consistiera volver nosotros a la forma que dices, ya lo hemos visto y lo vemos a cada paso; por do me voy a entender que no en el sentido alegórico, sino en el literal, se han de tomar los versos de la Camacha. Ni tampoco en éste consiste nuestro remedio, pues muchas veces hemos visto lo[172] que dicen y nos estamos tan perros como ves; así, que la Camacha fue burladora falsa; y la Cañizares, embustera; y la Montiela, tonta, maliciosa y bellaca, con perdón sea dicho, si acaso es nuestra madre,

172. *la* en 1613.

de entrambos o tuya, que yo no la quiero tener por madre. Digo, pues, que el verdadero sentido es un juego de bolos, donde con presta diligencia derriban los que están en pie y vuelven a alzar los caídos, y esto por la mano de quien lo puede hacer. Mira, pues, si en el discurso de nuestra vida habremos visto jugar a los bolos, y si hemos visto por esto haber vuelto a ser hombres, si es que lo somos.

BERGANZA.–Digo que tienes razón, Cipión hermano, y que eres más discreto de lo que pensaba. Y de lo que has dicho, vengo a pensar y creer que todo lo que hasta aquí hemos pasado y lo que estamos pasando es sueño, y que somos perros; pero no por esto dejemos de gozar deste bien de la habla que tenemos y de la excelencia tan grande de tener discurso humano todo el tiempo que pudiéremos. Y así, no te canse el oírme contar lo que me pasó con los gitanos que me escondieron en la cueva.

CIPIÓN.–De buena gana te escucho, por obligarte a que me escuches cuando te cuente, si el cielo fuese servido, los sucesos de mi vida.

BERGANZA.–La que tuve con los gitanos fue considerar en aquel tiempo sus muchas malicias, sus embaimientos[173] y embustes, los hurtos en que se ejercitan así gitanas como gitanos, desde el punto casi que salen de las mantillas y saben andar. ¿Ves la multitud que hay dellos esparcida por España? Pues todos se conocen y tienen noticia los unos de los otros y trasiegan y trasponen los hurtos déstos en aquéllos y los de aquéllos en éstos. Dan la obediencia, mejor que a su rey, a uno que llaman Conde[174], al cual y a todos los que dél suceden tienen el sobrenombre de Mal-

173. *embaimientos:* engaños, embustes.
174. *Conde:* «caudillo, capitán, jefe o superior que nombran y eligen los gitanos, al cual se sujetan todos para recibir las órdenes de los lugares y parajes donde han de ir a buscar la vida», *Auts.*

donado; y no porque vengan del apellido deste noble linaje, sino porque un paje de un caballero deste nombre se enamoró de una gitana, la cual no le quiso conceder su amor si no se hacía gitano y la tomaba por mujer. Hízolo así el paje y agradó tanto a los demás gitanos, que le alzaron por señor y le dieron la obediencia; y como en señal de vasallaje, le acuden con parte de los hurtos que hacen, como sean de importancia. Ocúpanse, por dar color[175] a su ociosidad, en labrar cosas de hierro, haciendo instrumentos con que facilitan sus hurtos; y así, los verás siempre traer a vender por las calles tenazas, barrenas, martillos; y ellas, trébedes y badiles[176]. Todas ellas son parteras, y en esto llevan ventaja a las nuestras, porque sin costa[177] ni adherentes[178] sacan sus partos a luz y lavan las criaturas con agua fría en naciendo. Y desde que nacen hasta que mueren, se curten y muestran a sufrir las inclemencias y rigores del cielo; y así verás que todos son alentados, volteadores, corredores y bailadores. Cásanse siempre entre ellos, por que no salgan sus malas costumbres a ser conocidas de otros; ellas guardan el decoro a sus maridos, y pocas hay que les ofendan con otros que no sean de su generación. Cuando piden limosna, más la sacan con invenciones y chocarrerías que con devociones, y a título que no hay quien se fíe dellas; no sirven y dan en ser holgazanas; y pocas o ninguna vez he visto, si mal no me acuerdo, ninguna gitana a pie de altar comulgando, puesto que muchas veces he entrado en las iglesias. Son sus pensamientos imaginar cómo han de engañar y dónde han de

175. *color:* motivo, razón.
176. *badil:* pala de hierro con que se remueve la lumbre en chimeneas y braseros.
177. *costa:* trabajo.
178. *adherentes:* instrumentos.

hurtar; confieren sus hurtos, y el modo que tuvieron en hacerlos.

»Y así, un día contó un gitano delante de mí a otros un engaño y hurto que un día había hecho a un labrador; y fue que el gitano tenía un asno rabón y en el pedazo de la cola que tenía sin cerdas le ingirió otra peluda, que parecía ser suya natural. Sacóle al mercado, comprósele un labrador por diez ducados y, en habiéndosele vendido y cobrado el dinero, le dijo que, si quería comprarle otro asno hermano del mismo y tan bueno como el que llevaba, que se le vendería por más buen precio. Respondióle el labrador que fuese por él y le trujese, que él se le compraría, y que, en tanto que volviese, llevaría el comprado a su posada. Fuese el labrador, siguióle el gitano y, sea como sea, el gitano tuvo maña de hurtar al labrador el asno que le había vendido y al mismo instante le quitó la cola postiza, y quedó con la suya pelada. Mudóle la albarda y jáquima[179] y atrevióse a ir a buscar al labrador para que se le comprase, y hallóle antes que hubiese echado menos el asno primero, y a pocos lances compró el segundo. Fuésele a pagar a la posada, donde halló menos la bestia a la bestia; y aunque lo era mucho, sospechó que el gitano se le había hurtado y no quería pagarle. Acudió el gitano por testigos y trujo a los que habían cobrado la alcabala del primer jumento, y juraron que el gitano había vendido al labrador un asno con una cola muy larga y muy diferente del asno segundo que vendía. A todo esto se halló presente un alguacil, que hizo las partes[180] del gitano con tantas veras que el labrador hubo de pagar el asno dos veces. Otros muchos hurtos

179. *jáquima:* «la cabezada del cordel con que se hace el cabestro para atar las bestias», *Auts.*
180. *hacer las partes:* «favorecer, amparar y proteger los intereses, negocios o conveniencias de alguno», *Auts.*

contaron, y todos, o los más, de bestias, en quien son ellos graduados y en los que más se ejercitan. Finalmente, ella es mala gente, y aunque muchos y muy prudentes jueces han salido contra ellos, no por eso se enmiendan.

»A cabo de veinte días me quisieron llevar a Murcia. Pasé por Granada, donde ya estaba el capitán cuyo atambor era mi amo. Como los gitanos lo supieron, me encerraron en un aposento del mesón donde vivían; oíles decir la causa, no me pareció bien el viaje que llevaban, y así, determiné soltarme, como lo hice. Y saliéndome de Granada, di en una huerta de un morisco, que me acogió de buena voluntad, y yo quedé con mejor, pareciéndome que no me querría para más de para guardarle la huerta; oficio, a mi cuenta, de menos trabajo que el de guardar ganado; y como no había allí altercar sobre tanto más cuanto al salario, fue cosa fácil hallar el morisco criado a quien mandar, y yo, amo a quien servir. Estuve con él más de un mes, no por el gusto de la vida que tenía, sino por el que me daba saber la de mi amo, y por ella la de todos cuantos moriscos viven en España. ¡Oh cuántas y cuáles cosas te pudiera decir, Cipión amigo, desta morisca canalla, si no temiera no poderlas dar fin en dos semanas! Y si las hubiera de particularizar, no acabara en dos meses; mas, en efeto, habré de decir algo. Y así, oye en general lo que yo vi y noté en particular desta buena gente.

»Por maravilla se hallará entre tantos uno que crea derechamente en la sagrada ley cristiana. Todo su intento es acuñar y guardar dinero acuñado, y para conseguirle trabajan y no comen; en entrando el real en su poder, como no sea sencillo, le condenan a cárcel perpetua y a escuridad eterna de modo que, ganando siempre y gastando nunca, llegan[181] y amontonan la mayor cantidad de dinero que hay

181. *llegan:* allegan.

en España. Ellos son su hucha, su polilla, sus picazas y sus comadrejas; todo lo llegan, todo lo esconden y todo lo tragan. Considérese que ellos son muchos y que cada día ganan y esconden poco o mucho, y que una calentura lenta acaba la vida como la de un tabardillo[182]. Y como van creciendo, se van aumentando los escondedores, que crecen y han de crecer en infinito, como la experiencia lo muestra. Entre ellos no hay castidad, ni entran en religión ellos ni ellas; todos se casan, se multiplican, porque el vivir sobriamente aumenta las causas de la generación. No los consume la guerra, ni ejercicio que demasiadamente los trabaje. Róbannos a pie quedo[183]; y con los frutos de nuestras heredades, que nos revenden, se hacen ricos. No tienen criados, porque todos lo son de sí mismos; no gastan con sus hijos en los estudios, porque su ciencia no es otra que la del robarnos. De los doce hijos de Jacob que he oído decir que entraron en Egipto, cuando los sacó Moisén[184] de aquel cautiverio, salieron seiscientos mil varones, sin niños y mujeres; de aquí se podrá inferir lo que multiplicarán las[185] déstos, que, sin comparación, son en mayor número.

CIPIÓN.–Buscado se ha remedio para todos los daños que has apuntado y bosquejado en sombra; que bien sé que son más y mayores los que callas que los que cuentas, y hasta ahora no se ha dado con el que conviene; pero celadores prudentísimos tiene nuestra república, que, considerando que España cría y tiene en su seno tantas víboras como moriscos, ayudados de Dios, hallarán a tanto daño cierta, presta y segura salida. Di adelante.

182. *tabardillo:* tifus.

183. *a pie quedo:* sin moverse, es decir, con suma facilidad.

184. Camino del Sinaí, con Moisés y Arón, salieron de Egipto «unos seiscientos mil infantes, sin contar los niños», Éxodo, 12, 37.

185. *las* se refiere a *mujeres.*

BERGANZA.–Como mi amo era mezquino, como lo son todos los de su casta, sustentábame con pan de mijo y con algunas sobras de zahínas[186], común sustento suyo; pero esta miseria me ayudó a llevar el cielo por un modo tan extraño como el que ahora oirás.

»Cada mañana, juntamente con el alba, amanecía sentado al pie de un granado, de muchos que en la huerta había, un mancebo, al parecer estudiante, vestido de bayeta, no tan negra ni tan peluda que no pareciese parda y tundida. Ocupábase en escribir en un cartapacio, y de cuando en cuando se daba palmadas en la frente y se mordía las uñas, estando mirando al cielo; y otras veces se ponía tan imaginativo que no movía ni pie ni mano, ni aun las pestañas; tal era su embelesamiento. Una vez me llegué junto a él sin que me echase de ver; oíle murmurar entre dientes y, al cabo de un buen espacio, dio una gran voz, diciendo: "¡Vive el Señor que es la mejor octava que he hecho en todos los días de mi vida!". Y escribiendo apriesa en su cartapacio, daba muestras de gran contento; todo lo cual me dio a entender que el desdichado era poeta. Hícele mis acostumbradas caricias, por asegurarle de mi mansedumbre; echéme a sus pies, y él, con esta seguridad, prosiguió en sus pensamientos y tornó a rascarse la cabeza, y a sus arrobos, y a volver a escribir lo que había pensado. Estando en esto, entró en la huerta otro mancebo, galán y bien aderezado, con unos papeles en la mano, en los cuales de cuando en cuando leía. Llegó donde estaba el primero y díjole: "¿Habéis acabado la primera jornada?". "Ahora[187] le di fin –respondió el poeta–, la más gallardamente que

186. *zahínas:* «las gachas o puches que se hacen de harina y no se espesan», *Auts.*
187. *Aaora* en 1613. Tal vez *la más* debiera leerse *lo más.*

imaginarse puede." "¿De qué manera?", preguntó el segundo. "Desta –respondió el primero–: sale Su Santidad del Papa vestido de pontifical, con doce cardenales, todos vestidos de morado; porque, cuando sucedió el caso que cuenta la historia de mi comedia, era tiempo de *mutatio caparum*[188], en el cual los cardenales no se visten de rojo, sino de morado; y así, en todas maneras conviene, para guardar la propiedad, que estos mis cardenales salgan de morado; y éste es un punto que hace mucho al caso para la comedia, y a buen seguro dieran en él, y así hacen a cada paso mil impertinencias y disparates. Yo no he podido errar en esto, porque he leído todo el ceremonial romano por sólo acertar en estos vestidos". "Pues, ¿de dónde queréis vos –replicó el otro– que tenga mi autor[189] vestidos morados para doce cardenales?". "Pues si me quita uno tan sólo –respondió el poeta–, así le daré yo mi comedia como volar. ¡Cuerpo de tal! ¿Esta apariencia tan grandiosa se ha de perder? Imaginad vos desde aquí lo que parecerá en un teatro un Sumo Pontífice con doce graves cardenales y con otros ministros de acompañamiento que forzosamente han de traer consigo. ¡Vive el cielo que sea uno de los mayores y más altos espectáculos que se haya visto en comedia, aunque sea la del *Ramillete de Daraja!*"[190].

»Aquí acabé de entender que el uno era poeta y el otro comediante. El comediante aconsejó al poeta que cercenase algo de los cardenales, si no quería imposibilitar al autor el hacer la comedia. A lo que dijo el poeta que le agradeciesen que no había puesto todo el cónclave que se halló junto al acto memorable que pretendía traer a la memoria

188. Cambio de capas que hacían los cardenales el día de Resurrección.
189. *autor:* director o empresario.
190. Comedia perdida, pero que debió ser muy popular por las menciones que de ella se hacen.

de las gentes en su felicísima comedia. Rióse el recitante y dejóle en su ocupación por irse a la suya, que era estudiar un papel de una comedia nueva. El poeta, después de haber escrito algunas coplas de su magnífica comedia, con mucho sosiego y espacio sacó de la faldriquera algunos mendrugos de pan y obra de [191] veinte pasas, que, a mi parecer, entiendo que se las conté, y aun estoy en duda si eran tantas, porque juntamente con ellas hacían bulto ciertas migajas de pan que las acompañaban. Sopló y apartó las migajas, y una a una se comió las pasas y los palillos, porque no le vi arrojar ninguno, ayudándolas con los mendrugos, que, morados con la borra de la faldriquera, parecían mohosos y eran tan duros de condición, que, aunque él procuró enternecerlos paseándolos por la boca una y muchas veces, no fue posible moverlos de su terquedad; todo lo cual redundó en mi provecho, porque me los arrojó, diciendo: "¡To, to! Toma, que buen provecho te hagan." "¡Mirad –dije entre mí– qué néctar o ambrosía me da este poeta, de los que ellos dicen que se mantienen los dioses y su Apolo allá en el cielo!". En fin, por la mayor parte, grande es la miseria de los poetas; pero mayor era mi necesidad, pues me obligó a comer lo que él desechaba. En tanto que duró la composición de su comedia, no dejó de venir a la huerta ni a mí me faltaron mendrugos, porque los repartía conmigo con mucha liberalidad, y luego nos íbamos a la noria, donde, yo de bruces y él con un cangilón, satisfacíamos la sed como unos monarcas. Pero faltó el poeta, y sobró en mí la hambre tanto que determiné dejar al morisco y entrarme en la ciudad a buscar ventura, que la halla el que se muda.

»Al entrar de la ciudad, vi que salía del famoso monasterio de San Jerónimo mi poeta, que, como me vio, se vino

191. *obra de:* unas, más o menos.

a mí con los brazos abiertos, y yo me fui a él con nuevas muestras de regocijo por haberle hallado. Luego al instante comenzó a desembaular pedazos de pan, más tiernos de los que solía llevar a la huerta, y a entregarlos a mis dientes sin repasarlos por los suyos, merced que con nuevo gusto satisfizo mi hambre. Los tiernos mendrugos y el haber visto salir a mi poeta del monasterio dicho me pusieron en sospecha de que tenía las musas vergonzantes[192], como otros muchos las tienen. Encaminóse a la ciudad, y yo le seguí, con determinación de tenerle por amo si él quisiese, imaginando que de las sobras de su castillo se podía mantener mi real; porque no hay mayor ni mejor bolsa que la de la caridad, cuyas liberales manos jamás están pobres, y así, no estoy bien con aquel refrán que dice: "Más da el duro que el desnudo", como si el duro y avaro diese algo, como lo da el liberal desnudo, que, en efeto, da el buen deseo cuando más no tiene.

»De lance en lance, paramos en la casa de un autor de comedias que, a lo que me acuerdo, se llamaba Angulo el Malo[193], de otro Angulo, no autor, sino representante, el más gracioso que entonces tuvieron y ahora tienen las comedias. Juntóse toda la compañía a oír la comedia de mi amo, que ya por tal le tenía, y a la mitad de la jornada primera, uno a uno y dos a dos se fueron saliendo todos, excepto el autor y yo, que servíamos de oyentes. La comedia era tal, que con ser yo un asno en esto de la poesía me pareció que la había compuesto el mismo Satanás, para total ruina y perdición del mismo poeta, que ya iba tragando saliva viendo la soledad en que el auditorio le había de-

192. *vergonzante:* «el que tiene vergüenza o lo que la ocasiona. Aplícase regularmente al pobre de obligaciones que pide secretamente y con recato», *Auts.*
193. El diablo de la carreta le dice a don Quijote: «Señor, nosotros somos recitantes de la compañía de Angulo el Malo», II, 11.

jado; y no era mucho, si el alma, présaga[194], le decía allá dentro la desgracia que le estaba amenazando, que fue volver todos los recitantes, que pasaban de doce, y sin hablar palabra asieron de mi poeta; y si no fuera porque la autoridad del autor, llena de ruegos y voces, se puso de por medio, sin duda le mantearan. Quedé yo del caso pasmado; el autor, desabrido; los farsantes, alegres, y el poeta, mohíno; el cual con mucha paciencia, aunque algo torcido el rostro, tomó su comedia, y encerrándosela en el seno, medio murmurando, dijo: "No es bien echar las margaritas a los puercos". Y con esto se fue con mucho sosiego.

»Yo, de corrido, ni pude ni quise seguirle; y acertélo, a causa que el autor me hizo tantas caricias que me obligaron a que con él me quedase, y en menos de un mes salí grande entremesista y gran farsante de figuras mudas. Pusiéronme un freno de orillos y enseñáronme a que arremetiese en el teatro a quien ellos querían; de modo que, como los entremeses solían acabar por la mayor parte en palos, en la compañía de mi amo acababan en zuzarme, y yo derribaba y atropellaba a todos, con que daba que reír a los ignorantes y mucha ganancia a mi dueño. ¡Oh Cipión, quién te pudiera contar lo que vi en ésta y en otras dos compañías de comediantes en que anduve! Mas por no ser posible reducirlo a narración sucinta y breve, lo habré de dejar para otro día, si es que ha de haber otro día en que nos comuniquemos. ¿Ves cuán larga ha sido mi plática? ¿Ves mis muchos y diversos sucesos? ¿Consideras mis caminos y mis amos tantos? Pues todo lo que has oído es nada comparado a lo que te pudiera contar de lo que noté, averigüé y vi desta gente, su proceder, su vida, sus costumbres, sus ejercicios, su trabajo, su ociosidad, su ignorancia

194. *présaga:* que adivina.

y su agudeza, con otras infinitas cosas, unas para decirse al oído y otras para aclamallas en público, y todas para hacer memoria dellas y para desengaño de muchos que idolatran en figuras fingidas y en bellezas de artificio y de transformación.

CIPIÓN.–Bien se me trasluce, Berganza, el largo campo que se te descubría para dilatar tu plática, y soy de parecer que la dejes para cuento particular y para sosiego no sobresaltado.

BERGANZA.–Sea así, y escucha. Con una compañía llegué a esta ciudad de Valladolid, donde en un entremés me dieron una herida que me llegó casi al fin de la vida; no pude vengarme, por estar enfrenado entonces, y después, a sangre fría, no quise: que la venganza pensada arguye crueldad y mal ánimo. Cansóme aquel ejercicio, no por ser trabajo, sino porque veía en él cosas que juntamente pedían enmienda y castigo; y como a mí estaba más el sentillo que el remediallo, acordé de no verlo, y así, me acogí a sagrado, como hacen aquellos que dejan los vicios cuando no pueden ejercitallos, aunque más vale tarde que nunca.

»Digo, pues, que, viéndote una noche llevar la linterna con el buen cristiano Mahúdes, te consideré contento y justa y santamente ocupado. Y lleno de buena envidia, quise seguir tus pasos, y con esta loable intención me puse delante de Mahúdes, que luego me eligió para tu compañero y me trujo a este hospital. Lo que en él me ha sucedido no es tan poco que no haya menester espacio para contallo, especialmente lo que oí a cuatro enfermos que la suerte y la necesidad trujo a este hospital y a estar todos cuatro juntos en cuatro camas apareadas. Perdóname, porque el cuento es breve y no sufre dilación, y viene aquí de molde.

CIPIÓN.–Sí perdono. Concluye, que, a lo que creo, no debe de estar lejos el día.

BERGANZA.–Digo que, en las cuatro camas que están al cabo desta enfermería, en la una estaba un alquimista, en la otra un poeta, en la otra un matemático y en la otra uno de los que llaman arbitristas.

CIPIÓN.–Ya me acuerdo haber visto a esa buena gente.

BERGANZA.–Digo, pues, que una siesta de las del verano pasado, estando cerradas las ventanas y yo cogiendo el aire debajo de la cama del uno dellos, el poeta se comenzó a quejar lastimosamente de su fortuna y, preguntándole el matemático de qué se quejaba, respondió que de su corta suerte. "¿Cómo y no será razón que me queje –prosiguió–, que, habiendo yo guardado lo que Horacio manda en su *Poética* que no salga a luz la obra que, después de compuesta, no hayan pasado diez años[195] por ella; y que tenga yo una de veinte años de ocupación y doce de pasante, grande en el sujeto, admirable y nueva en la invención, grave en el verso, entretenida en los episodios, maravillosa en la división, porque el principio responde al medio y al fin, de manera que constituyen el poema alto, sonoro, heroico, deleitable y sustancioso, y que, con todo esto, no hallo un príncipe a quien dirigirle? Príncipe, digo, que sea inteligente, liberal y magnánimo. ¡Mísera edad y depravado siglo nuestro!". "¿De qué trata el libro?", preguntó el alquimista. Respondió el poeta: "Trata de lo que dejó de escribir el arzobispo Turpín del rey Artús de Inglaterra, con otro suplemento de la *Historia de la demanda del Santo Brial*[196], y todo en verso heroico, parte en octavas y parte en verso suelto; pero todo esdrújulamente, digo, en esdrújulos de nombres sustantivos, sin admitir verbo alguno". "A mí –respondió el alquimista– poco se me entiende de

195. Nueve dice Horacio.
196. *Grial* y no *Brial* (falda).

poesía; y así, no sabré poner en su punto la desgracia de que vuesa merced se queja, puesto que, aunque fuera mayor, no se igualaba a la mía; que es que, por faltarme instrumento, o un príncipe que me apoye y me dé a la mano los requisitos que la ciencia de la alquimia pide, no estoy ahora manando en oro y con más riquezas que los Midas, que los Crasos y Cresos[197]". "¿Ha hecho vuesa merced –dijo a esta sazón el matemático–, señor alquimista, la experiencia de sacar plata de otros metales?". "Yo –respondió el alquimista– no la he sacado hasta agora, pero realmente sé que se saca; y a mí no me faltan dos meses para acabar la piedra filosofal, con que se puede hacer plata y oro de las mismas piedras". "Bien han exagerado vuesas mercedes sus desgracias –dijo a esta sazón el matemático–; pero, al fin, el uno tiene libro que dirigir y el otro está en potencia propincua de sacar la piedra filosofal; mas ¿qué diré yo de la mía, que es tan sola que no tiene donde arrimarse? Veinte y dos años ha que ando tras [de] hallar el punto fijo, y aquí lo dejo y allí lo tomo, y pareciéndome que ya lo he hallado y que no se me puede escapar en ninguna manera, cuando no me cato[198], me hallo tan lejos dél, que me admiro. Lo mismo me acaece con la cuadratura del círculo: que he llegado tan al remate de hallarla, que no sé ni puedo pensar cómo no la tengo ya en la faldriquera; y así, es mi pena semejable a las de Tántalo, que está cerca del fruto y muere de hambre, y propincuo al agua y perece de sed. Por momentos pienso dar en la coyuntura de la verdad, y por minutos me hallo tan lejos della, que vuelvo a subir el

197. Los tres, ricos por antonomasia. Midas transformaba todo lo que tocaba en oro. Craso fue el hombre más rico de Roma. Creso, último rey de Lidia, fue célebre también por sus riquezas.
198. *cuando menos se cata* o *cuando no se cata:* «frases para explicar una cosa impensada que sucede cuando menos se espera o piensa», *Auts.*

monte que acabé de bajar con el canto de mi trabajo a cuestas, como otro nuevo Sísifo[199]."

»Había hasta este punto guardado silencio el arbitrista, y aquí le rompió, diciendo: "Cuatro quejosos tales que lo pueden ser del Gran Turco ha juntado en este hospital la pobreza, y reniego yo de oficios y ejercicios que ni entretienen ni dan de comer a sus dueños. Yo, señores, soy arbitrista, y he dado a Su Majestad en diferentes tiempos muchos y diferentes arbitrios[200], todos en provecho suyo y sin daño del reino; y ahora tengo hecho un memorial donde le suplico me señale persona con quien comunique un nuevo arbitrio que tengo, tal que ha de ser la total restauración de sus empeños; pero por lo que me ha sucedido con otros memoriales, entiendo que éste también ha de parar en el carnero[201]. Mas, porque vuesas mercedes no me tengan por mentecapto, aunque mi arbitrio quede desde este punto público, le quiero decir, que es éste: Hase de pedir en cortes que todos los vasallos de Su Majestad, desde edad de catorce a sesenta años, sean obligados a ayunar una vez en el mes a pan y agua, y esto ha de ser el día que se escogiere y señalare; y que todo el gasto que en otros condumios de fruta, carne y pescado, vino, huevos y legumbres que han de gastar aquel día se reduzga a dinero y se dé a Su Majestad, sin defraudalle un ardite, so cargo de juramento; y con esto, en veinte años queda libre de socaliñas[202] y desempeñado. Porque si se hace la cuenta, como yo la tengo hecha, bien hay en España más de tres millones

199. El alquimista describe ya el tormento eterno en el Hades de este condenado.
200. Medio para conseguir algún fin, normalmente para socorrer las necesidades del monarca.
201. *carnero:* fosa común.
202. Véase nota 11, p. 54.

de personas de la dicha edad, fuera de los enfermos, más viejos o más muchachos, y ninguno destos dejará de gastar –y esto contado al menorete[203]– cada día real y medio; y yo quiero que sea no más de un real, que no puede ser menos aunque coma alholvas[204]. Pues ¿paréceles a vuesas mercedes que sería barro[205] tener cada mes tres millones de reales como ahechados?[206]. Y esto antes sería provecho que daño a los ayunantes, porque con el ayuno agradarían al cielo y servirían a su rey; y tal podría ayunar que le fuese conveniente para su salud. Este es arbitrio limpio de polvo y de paja, y podríase coger por parroquias, sin costa de comisarios, que destruyen la república". Riyéronse todos del arbitrio y del arbitrante, y él también se riyó de sus disparates, y yo quedé admirado de haberlos oído y de ver que, por la mayor parte, los de semejantes humores venían a morir en los hospitales.

CIPIÓN.–Tienes razón, Berganza. Mira si te queda más que decir.

BERGANZA.–Dos cosas no más, con que daré fin a mi plática, que ya me parece que viene el día. Yendo una noche mi mayor a pedir limosna en casa del corregidor desta ciudad, que es un gran caballero y muy gran cristiano, hallámosle solo, y parecióme a mí tomar ocasión de aquella soledad para decirle ciertos advertimientos que había oído decir a un viejo enfermo deste hospital acerca de cómo se podía remediar la perdición tan notoria de las mozas vagamundas, que por no servir dan en malas, y tan malas, que pueblan los veranos todos los hospitales de los perdi-

203. *al menorete:* a lo menos.
204. La alholva es una planta que nace espontáneamente en el campo.
205. *barro:* poca cosa.
206. *ahechados:* limpios, cribados.

dos que las siguen, plaga intolerable y que pedía presto y eficaz remedio. Digo que, queriendo decírselo, alcé la voz, pensando que tenía habla y, en lugar de pronunciar razones concertadas, ladré con tanta priesa y con tan levantado tono que, enfadado el corregidor, dio voces a sus criados que me echasen de la sala a palos. Y un lacayo que acudió a la voz de su señor –que fuera mejor que por entonces estuviera sordo– asió de una cantimplora de cobre que le vino a la mano y diómela tal en mis costillas, que hasta agora guardo las reliquias de aquellos golpes.

CIPIÓN.–¿Y quéjaste deso, Berganza?

BERGANZA.–Pues ¿no me tengo de quejar si hasta ahora me duele como he dicho y si me parece que no merecía tal castigo mi buena intención?

CIPIÓN.–Mira, Berganza, nadie se ha de meter donde no le llaman, ni ha de querer usar del oficio que por ningún caso le toca. Y has de considerar que nunca el consejo del pobre, por bueno que sea, fue admitido, ni el pobre humilde ha de tener presumpción de aconsejar a los grandes y a los que piensan que se lo saben todo. La sabiduría en el pobre está asombrada, que la necesidad y miseria son las sombras y nubes que la escurecen; y si acaso se descubre, la juzgan por tontedad y la tratan con menosprecio.

BERGANZA.–Tienes razón, y escarmentando en mi cabeza, de aquí adelante seguiré tus consejos. Entré asimismo otra noche en casa de una señora principal, la cual tenía en los brazos una perrilla destas que llaman de falda, tan pequeña que la pudiera esconder en el seno; la cual, cuando me vio, saltó de los brazos de su señora y arremetió a mí ladrando, y con tan gran denuedo, que no paró hasta morderme de una pierna. Volvíla a mirar con respecto y con enojo, y dije entre mí: «Si yo os cogiera, animalejo ruin, en la calle, o no hiciera caso de vos, o os hiciera pedazos entre los dientes.» Consideré en ella que hasta los cobardes y de poco ánimo son atrevidos e insolentes cuando son favorecidos y se adelantan a ofender a los que valen más que ellos.

CIPIÓN.–Una muestra y señal desa verdad que dices nos dan algunos hombrecillos que a la sombra de sus amos se atreven a ser insolentes; y si acaso la muerte o otro accidente de fortuna derriba el árbol donde se arriman, luego se descubre y manifiesta su poco valor, porque, en efeto, no son de más quilates sus prendas que los que les dan sus dueños y valedores. La virtud y el buen entendimiento siempre es una y siempre es uno: desnudo o vestido, solo o acompañado. Bien es verdad que puede padecer acerca de la estimación de las gentes, mas no en la realidad verdadera de lo que merece y vale. Y con esto pongamos fin a esta plática, que la luz que entra por estos resquicios muestra que es muy entrado el día, y esta noche que viene, si no nos ha dejado este grande beneficio de la habla, será la mía para contarte mi vida.

BERGANZA.–Sea ansí, y mira que acudas a este mismo puesto.

El acabar el *Coloquio* el licenciado y el despertar el alférez fue todo a un tiempo. Y el licenciado dijo:

–Aunque este coloquio sea fingido y nunca haya pasado, paréceme que está tan bien compuesto que puede el señor alférez pasar adelante con el segundo.

–Con ese parecer –respondió el alférez– me animaré y disporné[207] a escribirle, sin ponerme más en disputas con vuesa merced si hablaron los perros o no.

207. *disporné:* dispondré.

A lo que dijo el licenciado:

–Señor alférez, no volvamos más a esa disputa. Yo alcanzo el artificio del *Coloquio* y la invención, y basta. Vámonos al Espolón[208] a recrear los ojos del cuerpo, pues ya he recreado los del entendimiento.

–Vamos –dijo el alférez.

Y con esto, se fueron.

208. Plaza y paseo de Valladolid junto al río.

Apéndice

Prólogo al lector

Quisiera yo, si fuera posible, lector amantísimo, excusarme de escribir este prólogo, porque no me fue tan bien con el que puse en mi *Don Quijote*, que quedase con gana de segundar con éste. Desto tiene la culpa algún amigo, de los muchos que en el discurso de mi vida he granjeado antes con mi condición que con mi ingenio. El cual amigo bien pudiera, como es uso y costumbre, grabarme y esculpirme en la primera hoja deste libro, pues le diera mi retrato el famoso don Juan de Jáurigui[1], y con esto quedara mi ambición satisfecha, y el deseo de algunos que querrían saber qué rostro y talle tiene quien se atreve a salir con tantas invenciones en la plaza del mundo, a los ojos de las gentes, poniendo debajo del retrato: «Este que veis aquí, de rostro aguileño, de cabello castaño, frente lisa y desembarazada, de alegres ojos y de nariz corva, aunque bien proporcionada; las barbas de plata, que no ha veinte años que fueron de oro; los bigotes grandes, la boca pe-

1. Juan de Jáuregui y Aguilar (1583-1641); el autor del *Antídoto contra las Soledades* y del *Discurso poético* era también pintor famoso: «en la mano, / de Apolo el arco y el pincel de Apeles», como dice de él Lope en su epístola octava de *La Filomena*.

queña, los dientes ni menudos ni crecidos porque no tiene sino seis, y ésos mal acondicionados y peor puestos porque no tienen correspondencia los unos con los otros; el cuerpo entre dos extremos, ni grande, ni pequeño; la color viva, antes blanca que morena; algo cargado de espaldas, y no muy ligero de pies; éste digo que es el rostro del autor de *La Galatea* y de *Don Quijote de la Mancha* y del que hizo el *Viaje del Parnaso,* a imitación del de César Caporal Perusino[2], y otras obras que andan por ahí descarriadas y, quizá, sin el nombre de su dueño. Llámase comúnmente Miguel de Cervantes Saavedra. Fue soldado muchos años, y cinco y medio cautivo, donde aprendió a tener paciencia en las adversidades. Perdió en la batalla naval de Lepanto la mano izquierda de un arcabuzazo, herida que, aunque parece fea, él la tiene por hermosa por haberla cobrado en la más memorable y alta ocasión que vieron los pasados siglos ni esperan ver los venideros, militando debajo de las vencedoras banderas del hijo del rayo de la guerra, Carlo Quinto, de felice memoria». Y cuando a la deste amigo, de quien me quejo, no ocurrieran otras cosas de las dichas que decir de mí, yo me levantara a mí mismo dos docenas de testimonios y se los dijera en secreto, con que extendiera mi nombre y acreditara mi ingenio. Porque pensar que dicen puntualmente la verdad los tales elogios es disparate, por no tener punto preciso ni determinado las alabanzas ni los vituperios.

En fin, pues ya esta ocasión se pasó, y yo he quedado en blanco y sin figura, será forzoso valerme por mi pico, que aunque tartamudo, no lo será para decir verdades; que, dichas por señas, suelen ser entendidas. Y así te digo otra vez, lector amable, que destas novelas que te ofrezco, en ningún modo podrás hacer pepitoria, porque no tienen pies, ni cabeza, ni entrañas, ni cosa que les parezca; quiero decir que los requiebros amoro-

2. Cesare Caporali de Perusa (1531-1601), autor del *Viaggi di Parnaso* (1582).

sos que en algunas[3] hallarás son tan honestos y tan medidos con la razón y discurso cristiano, que no podrán mover a mal pensamiento al descuidado o cuidadoso que las leyere.

Heles dado nombre de *ejemplares*, y si bien lo miras, no hay ninguna de quien no se pueda sacar algún ejemplo provechoso. Y si no fuera por no alargar este sujeto, quizá te mostrara el sabroso y honesto fruto que se podría sacar, así de todas juntas, como de cada una de por sí.

Mi intento ha sido poner en la plaza de nuestra república una mesa de trucos[4], donde cada uno pueda llegar a entretenerse, sin daño de barras[5]; digo sin daño del alma ni del cuerpo, porque los ejercicios honestos y agradables antes aprovechan que dañan. Sí, que no siempre se está en los templos, no siempre se ocupan los oratorios, no siempre se asiste a los negocios por calificados que sean. Horas hay de recreación, donde el afligido espíritu descanse. Para este efeto se plantan las alamedas, se buscan las fuentes, se allanan las cuestas y se cultivan con curiosidad[6] los jardines.

Una cosa me atreveré a decirte: que, si por algún modo alcanzara que la lección destas novelas pudiera inducir a quien las leyera a algún mal deseo o pensamiento, antes me cortara la mano con que las escribí, que sacarlas en público. Mi edad no está ya para burlarse con la otra vida, que al cincuenta y cinco de los años gano por nueve más y por la mano[7].

A esto se aplicó mi ingenio, por aquí me lleva mi inclinación, y más que me doy a entender, y es así, que yo soy el primero que he novelado[8] en lengua castellana; que las muchas novelas que en ella andan impresas, todas son traducidas de

3. *algunos* en la edición de 1613.
4. *mesa de trucos:* juego parecido al billar.
5. *sin daño de barras:* «suele por alusión significar tanto como sin perjuicio de tercero», *Tesoro*.
6. *curiosidad:* cuidado.
7. *ganar por la mano:* «anticiparse a otro en hacer alguna cosa», *Auts.*
8. La conciencia de Cervantes de sus méritos tiene fundamento.

lenguas extranjeras, y éstas son mías propias, no imitadas ni hurtadas; mi ingenio las engendró, y las parió mi pluma, y van creciendo en los brazos de la estampa. Tras ellas, si la vida no me deja, te ofrezco *Los trabajos de Persiles*[9], libro que se atreve a competir con Heliodoro[10], si ya por atrevido no sale con las manos en la cabeza; y primero verás, y con brevedad dilatadas, las hazañas de don Quijote y donaires de Sancho Panza, y luego *Las semanas del jardín*[11].

Mucho prometo, con fuerzas tan pocas como las mías; pero ¿quién pondrá rienda a los deseos? Sólo esto quiero que consideres: que pues yo he tenido osadía de dirigir estas novelas al gran Conde de Lemos[12], algún misterio tienen escondido que las levanta.

No más, sino que Dios te guarde y a mí me dé paciencia para llevar bien el mal que han de decir de mí más de cuatro sotiles y almidonados. *Vale.*

9. *Los trabajos de Persiles y Sigismunda, historia setentrional* se publica en 1617 en Madrid por Juan de la Cuesta.
10. *Cliodoro* en 1613. *Teágenes y Cariclea,* la novela bizantina de Heliodoro, se tradujo al español primero en 1554, y en 1587 lo hizo Fernando de Mena (ed. de F. López Estrada, Madrid, Aldus, 1954).
11. No se sabe más de esta obra que tal mención.
12. Cervantes le dedicó también a Pedro Fernández de Castro (1576-1622) *Ocho comedias y ocho entremeses* (1615), la segunda parte del *Quijote* (1615) y *Los trabajos de Persiles y Sigismunda* (1617).

Índice

ÍNDICE

Miguel de
Cervantes

La gitanilla. Las dos doncellas

Edición de Rosa Navarro Durán

BA 0353

Publicadas en Madrid en 1613, las «Novelas ejemplares» pertenecen al periodo en que la madurez creadora de Miguel de Cervantes (1547-1616) alcanza su expansión plena y abren, junto con el «Quijote» (BA 0351 y BA 0352), el camino a la literatura moderna. LA GITANILLA es una auténtica joya literaria: con el fondo de la vida de los gitanos, Cervantes compone un relato itinerante, con rasgos de la picaresca y lleno de acción, en el que sobresale Preciosa, su protagonista, criatura espléndida, llena de vitalidad, gracia e inteligente desparpajo. Prodigio de dominio de la perspectiva, LAS DOS DONCELLAS es una historia plagada de peripecias, por la que desfilan caballeros andantes, peregrinos y damas vestidas de hombres y que presenta más de un punto de contacto con el «Quijote».

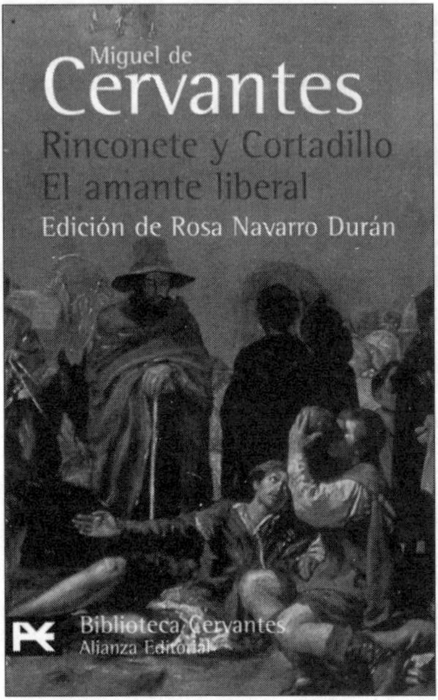

Miguel de
Cervantes

Rinconete y Cortadillo. El amante liberal

Edición de Rosa Navarro Durán

BA 0354

Publicadas en Madrid en 1613, las «Novelas ejemplares» pertenecen al periodo en que la madurez creadora de Miguel de Cervantes (1547-1616) alcanza su expansión plena y abren, junto con el «Quijote» (BA 0351 y BA 0352), el camino a la literatura moderna. En RINCONETE Y CORTADILLO el genio de Cervantes tienta el género picaresco y hace desfilar ante el lector de forma admirable el mundo del hampa sevillana en el siglo XVI, además de inventar el famoso «patio de Monipodio», que ha llegado a ser proverbial. Relato bizantino y de cautivos, EL AMANTE LIBERAL es una historia perfectamente estructurada en la que intervienen el enredo y el fingimiento, y en el que se pone de relieve el aprendizaje que el cautiverio moldea en Ricardo, el protagonista, y la libertad de elección de la mujer.

Miguel de
Cervantes

El licenciado Vidriera. La fuerza de la sandre

Edición de Rosa Navarro Durán

BA 0355

Publicadas en Madrid en 1613, las «Novelas ejemplares» pertenecen al periodo en que la madurez creadora de Miguel de Cervantes (1547-1616) alcanza su expansión plena y abren, junto con el «Quijote» (BA 0351 y BA 0352), el camino a la literatura moderna. EL LICENCIADO VIDRIERA, que se creerá de vidrio y dirá verdades, responde más al bufón o al filósofo que al demente; con él y con su historia el autor crea un maravilloso personaje a quien, paradójica y muy cervantinamente, se prestará más atención cuando loco que cuando cuerdo. Relato de rapto, deshonra y reconocimiento, LA FUERZA DE LA SANGRE une al interés de su peripecia su perfección formal como narración.

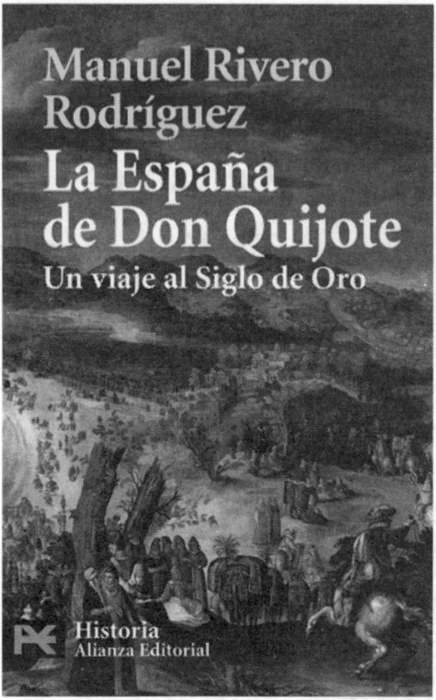

Manuel Rivero
Rodríguez

La España de Don Quijote

Un viaje al
Siglo de Oro

H 4234

Despojarnos de nuestra experiencia cotidiana. Aprestarnos a viajar a un lugar donde todo era distinto, a pesar de que nos resulte aparentemente familiar. Ésta es la propuesta que formula MANUEL RIVERO RODRÍGUEZ para acercarnos a LA ESPAÑA DE DON QUIJOTE, una aproximación inédita y reveladora a un espacio, la Monar-quía Hispana, y a un tiempo, el que corresponde a los reinados de Felipe II y Felipe III. El autor nos guiará en este VIAJE AL SIGLO DE ORO por caminos poco transitados en los libros de Historia, hablándonos con el lenguaje y con la mentalidad propios de los españoles de entonces. La cosmovisión de Cervantes y de sus personajes irá tomando forma ante nuestros ojos a través de su concepción de la autoridad, la vivencia religiosa, la identidad, la lucha por la supervivencia y la fortuna, y el lugar que España ocupaba en el mundo. Alejándonos así de la falsa familiaridad con que se suele leer el «Quijote», entenderemos mejor la obra de Cervantes y la España en la que situó las correrías del hidalgo manchego y su escudero.